Comment font les gens ?

DE LA MÊME AUTRICE

Avec toutes mes sympathies, *Stock, 2018 (prix Renaudot Essai) ; Le Livre de poche, 2019*

Olivia de Lamberterie

Comment font les gens ?

roman

Stock

Photo de bande : © Astrid di Crollalanza

ISBN 978-2-234-08835-1

À mon fils Basile

– J’aime bien quand le soleil se lève de ce côté-là, pas vous ?

– Mais oui, c’est très joli, approuve Anna avec son sourire d’à quoi bon.

Dans ce café, un mois trop doux de décembre, la phrase de cette femme à l’ouest remettait sa tristesse à sa place, rien de grave. Anna achètera des fleurs, se répète que rien n’est grave, comme, petite fille, elle se forçait à penser à la tragédie d’Anne Frank avant le contrôle de physique – quelle est la vitesse d’un solide tombant de dix mètres de haut –, ignorant que cette interrogation hanterait son existence, intime châtiment. Quel est le poids de sa peine, tout est relatif lui soufflait déjà sa mère au berceau de l’enfance. Rien de grave, seulement les amis qui dégringolent par des fenêtres, les farceurs qu’on assassine parce qu’ils ont dessiné des dieux ; réflexe d’éditrice, son métier depuis trente ans, les ventes d'*Où est Charlie ?*, ces albums regardés des heures avec ses filles à la recherche du bonhomme à lunettes et à marinière perdu dans une foule, se sont-elles effondrées comme celles de la bière Corona ? Rien de grave, seulement les enfants violés dans le silence, les femmes afghanes abandonnées aux talibans, les forêts en flammes, tout à coup un reportage brûle les yeux mais on n'arrête pas de se demander si la petite santé va bien, le travail et la santé, c'est tout ce qui compte, n'est-ce pas ? « Prends soin de toi », anglicisme assené en boucle telle une formule magique, étrange remède aux fracas de l'actualité. Mais le travail et la santé ne font pas une vie, ils remplissent seulement des journées scandées par ces petits faire-part du monde surgissant sur les écrans des téléphones, on ne peut pas y échapper.

Gling. Mort de 27 migrants dans la Manche.

À force de les minimiser, ses douleurs se sont fossilisées en une colère compacte qui, si elle se libérait, se transformerait en un hurlement, mais qu'elle retient de toutes ses forces de fille élevée à faire bonne figure. Ses chagrins déchus par la théorie maternelle de la relativité ont mué en une tragique envie d'étreindre quelque chose qu'elle ne saurait nommer et qui sans cesse s'échappe. Sa certitude qu'on ne peut pas vivre dans un monde sans transcendance est en permanence contrariée par la réalité matérielle et consommatrice. Elle trouve refuge dans une grotte érigée au fil des décennies avec des mots, des images et des chansons, l'art, un bien grand mot, la beauté des choses qui la bouleverse lui sert de kaléidoscope pour observer les jours et les gens. Ainsi le quotidien paraît moins féroce aux yeux de cette sentimentale désenchantée. Chaque jour, avant de se coucher, la France recense ses morts, les malades entrés à l'hôpital, ceux qui en sont sortis dans des sacs, plus besoin de compter les moutons pour s'endormir. Pourquoi n'annonce-t-on pas plutôt le nombre des naissances, aujourd'hui 2 102 bébés, 589 césariennes ; remontée du cours des Camille, mais nuages sur les Enzo surtout dans le sud de la Bretagne. Le malheur est poreux alors même que le monde lui semble de plus en plus incompréhensible. Pour s'en défendre, les prospères citent mal Camus, philosophe à toutes les sauces, « ça ne sert à rien d'ajouter du malheur au monde », s'autorisant ainsi et à peu de frais à afficher sur les réseaux sociaux leur pique-nique vegan à Marrakech sur fond de carte postale bleu ciel #sicestpasleparadiscayressemble. Les peines des autres ne rendent pas sa tristesse moins triste mais l'obligent à la décence, courber l'échine et planquer ses états d'âme en répétant « pas de souci », épigramme du grand bal des hypocrites. Il n'y a plus guère que son psy de riches pour écouter ses problèmes de riche. Faire ses comptes pour une fois, les chances qu'elle a dans la colonne de droite, trois fois rien de mélancolie dans celle de gauche, la complaisance est la mère de tous les vices, adage maternel. Entamer cette journée sans prendre au tragique cette nuit debout, forte de la vaillance des femmes à tout faire.

Ses deux dernières filles sont parties pour l'école, Joy, minuscule skateuse de treize ans perdue dans un gigantesque pantalon, visage au grain de bébé mangé par un bonnet et une capuche, double protection contre les regards intrusifs.

– T'en penses quoi de mon *outfit* maman ?

La tendresse émue devant l'enfance mal dissimulée dans le costume de scène le dispute à l'envie de répondre qu'on pourrait croire qu'elle envisage de braquer une boutique de téléphonie ; plutôt lancer un classique « sois sage ma Joy jolie ». Suit, en retard, gesticulant en une amusante chorégraphie pour dissimuler la besace subtilisée dans le placard d'Anna, une Félicité de seize ans, ventre à l'air et yeux noirs de khôl et de contrariété.

– Ça ne va pas ma douce ?

– T'as vu mes cheveux, frère ? Je me regarde dans la glace, je suis choquée...

– À qui tu parles, fille ? Tu es ravissante, essaye de pas t'endormir en cours de maths.

Étonnant comme elle a abaissé le seuil de ses exigences pédagogiques. Peter, son mari américain à la silhouette d'épouvantail fluo destinée à effrayer sur son vélo les automobilistes énervés dès l'aube où blanchit la capitale, a perdu ses clés, tant pis pour lui. Ambiance conjugale polaire depuis les messages découverts cette nuit, l'homme fait profil très très bas, risque quelques mots tendres vers une amorce de réconciliation, mais non, visage très très fermé d'Anna : « N'y compte pas mon petit vieux. »

Drapeau blanc de l'époux fluo :

– Écoute darling...

– Je n'écoute rien madame Bovary, n'oublie pas qu'Allegra vient dîner, je ne peux pas la décommander, ça va être l'Actors Studio ce soir à la maison.

Porte claquée, « belle journée », a lancé Léa Salamé sur France Inter, Anna est restée seule dans la maison vide avec le sentiment d'être réveillée d'un cauchemar avant la fin. Allegra, sa fille aînée, trente-trois ans, trente-trois années radicales, s'est invitée à dîner, « please Mum, pas de sushis, fais un effort, c'est important », et Anna a prévu de passer la matinée à faire des efforts. Oublier ce torchon qui brûle entre ses mains, faire comme si, pourquoi pas un gigot de dix heures préparé en vingt minutes, la spécialité des filles sur les réseaux sociaux. Anna, sa spécialité, c'est le fous-y-tout.

– Ton truc, on dirait de la nourriture pour le chat, a observé la petite hier soir devant son assiette après avoir annoncé « ma copine Nina est lesbienne, c'est trop stylé ».

– C'est une recette de ta grand-mère, a rétorqué Anna, très stylée, un jour tu comprendras.

Gling. Message de Louison :

*Mon Anna, tu n'as pas validé la quatrième de couverture d'*Une jeunesse en fanfare, *quelque chose ne va pas ?*

– « *Une expérience de lecture unique et déchirante, impitoyable, poétique et d'une érudition vertigineuse* », *je me demande si ce n'est pas un peu exagéré pour un type racontant son enfance pour la quatrième fois. Pardon de ce retard ma Louison, chez moi, c'est la Troisième Guerre mondiale.*

– *OK je baisse d'un ton, je supprime des adjectifs. C'est quoi cette histoire de guerre mondiale, trésor de ma vie, je n'aime pas du tout ça. Je propulse les gamins à l'école et je file voir le vieux chanteur qui nous promet ses mémoires depuis dix ans, tout à coup ça le prend comme une envie de pisser, suis convoquée dans son prieuré tout au bout de la ligne C du RER. J'y cours et t'appelle après. Tu veux que je convoque l'ONU ?*

– Appelle-moi d'abord.

Anna et Louison travaillent depuis vingt-cinq ans dans le même bureau, qu'elles ont refusé d'abandonner lorsqu'elles ont gravi les échelons de la hiérarchie, assistantes d'édition, juniors, bientôt seniors, ce mot qu'on ne voit pas venir de loin et tout à coup chaque facette de l'existence est imprimée de ce tampon réduisant le champ des possibles. Et lorsqu'il faut indiquer sa date de naissance dans les formulaires administratifs sur son téléphone, elle doit s'y reprendre à trois fois avec la roulette des années pour remonter le temps jusqu'à 1968. Elles n'ont jamais rêvé de s'asseoir dans un fauteuil en cuir de direction, leur studette d'étudiantes comme elles l'appellent, elles y camperont jusqu'à la retraite. Elles adorent leur métier, partagent tout, leurs médicaments et leurs enfants, les larmes et les projets impossibles, leur foi en une haute idée de la littérature, triment trente-cinq heures par jour, rient encore plus, ce que les jaloux leur reprochent davantage que leurs succès. Qu'est-ce qui sépare l'amour de l'amitié ? Une feuille de papier à cigarette ? Il arrive parfois à Anna de se demander si c'est normal d'avoir développé une plus grande intimité avec Louison qu'avec son mari. Leur humour s'aiguise au contact l'une de l'autre et la gaieté est leur arme souveraine, même quand ça n'est pas drôle. Ensemble, elles sont légères.

Beauté fatale, un grand pif comme on n'en voit plus et des yeux vert gazon, une fille et deux fils nés à la chaîne, le dernier à la traîne pour lequel elle est prête à buter tous ceux l'empêchant de mener « une vie normale, c'est tout ce que je demande », son mari dont ses amies n'ont jamais très bien compris la profession, consultant ou conseil, l'a quittée pour une hôtesse de l'air, une nuit, dans le lit conjugal, son pied a rencontré un slip tanga. « Mais qui peut porter une horreur pareille ? C'est grotesque cette histoire, on dirait le scénario d'un vieux feuilleton, même pas une bonne série. Si au moins il me quittait pour un steward », a commenté Louison avec un drôle de gloussement figurant un rire, lorsqu'elle a confié son infortune. Depuis, elle déploie toujours la même énergie de camionneuse mais n'a plus que sa peau magnifique sur les os. Elle a arrêté de manger de la viande rouge, puis tout ce qui vole y compris les œufs, a banni tout ce qui nage, et maintenant elle n'accepte de se nourrir qu'avec ce qui pousse. Lorsque Anna dîne chez Louison, elle a l'impression de participer à l'émission *Rendez-vous en terre inconnue*, elle n'a aucune idée de ce qu'elle avale, des trucs qui poussent, mais où donc ? La fille aînée de Louison a fait remarquer à sa mère qu'elle ressemblait de plus en plus à Iggy Pop, ce n'est pas faux. Ses amies redoutent le moment où elle ne mangera plus que les jours pairs. Elles veillent sur elle sans aborder ce sujet sensible de la douleur, trop vive pour qu'elles en parlent ouvertement.

Sur France Inter, une usine brûle. Anna tape « plat de fête » sur le clavier de son téléphone, ajoute « facile à faire », précise « rapide », puis enfin « pour les nulles », quand la connexion avec les anges numériques de la gastronomie est interrompue par un déluge de smileys annonçant un message de sa mère. Nine use des objets et des sentiments avec excès. Ses discours forment un curieux assemblage de lambeaux d'une réalité dont elle conserve des souvenirs très précis et de propos surréalistes, produisant un effet tragicomique dont la réception varie selon qu'Anna est alerte ou harassée. Nine oublie de s'habiller le matin, qu'elle a dansé hier soir devant *The Voice* avec Évelyne – sainte aide-soignante aux cheveux ras qu'elle s'obstine à appeler monsieur –, le bon vieux temps, pas mal de choses, sauf son aplomb. Une seule fois, elle a accueilli Anna dans sa chambre des Acacias par un « Bonjour mademoiselle ».

– Maman, je suis ta fille !

– Mais comment voulez-vous que je le sache ? lui a rétorqué Nine offusquée.

Sa détestation de ne pas avoir le dernier mot lui permet encore de garder la tête haute. Son cerveau fuit mais ses principes tiennent bon, tuteurs l'empêchant de céder à l'avachissement contre lequel elle a lutté toute sa vie pour elle et pour les autres.

La vieille dame affirme à qui veut l'entendre, et les soignantes l'entendent énormément, que François Mitterrand a inventé les smileys, elle l'a lu dans sa correspondance avec Anne Pingeot, « il signait ses lettres d'amour d'un rond souriant, et ça, si ce n'est pas un smiley, alors je veux bien être pendue, nom d'une pipe en bois ! » Des réminiscences flottent dans son esprit tels des morceaux dans la soupe, sa raison va et vient en d'inattendus courts-circuits. Sa fille s'est promis d'aller vérifier *in texto*, elle aimerait tant que sa mère ait raison, mais relire les 1 280 pages du volume ne lui semble guère réalisable. Car

Anna a tout, un mari, trois enfants, des amies, un métier, un bon fond, un chat, un chien idiot (le surnom lui est venu après que Peter a passé deux jours cet été à courir derrière son exemplaire du roman de John Fante : « Tu n'aurais pas vu Mon chien idiot ? »), Anna a tout, sauf du temps. Elle n'échangerait sa vie contre aucune autre, mais elle serait prête à sacrifier un ou deux orteils contre une heure pour elle, disons un jour sur deux. Elle n'a pas eu le temps d'ouvrir le mail « urgent » du guide d'orientation de sa fille cadette, élève de première – forcément elle l'a eue tard, « service des grossesses précieuses, madame » –, parce qu'elle se tourmente trop pour sa mère. Ses journées consistent en une vaste étude de marché, décrocher une émission pour ses auteurs, « Trapenard a adoré mais en ce moment il n'invite que des chanteurs, mais tu vas voir, Radio Western, c'est très écouté, parfait pour un roman sur le retour à la terre... D'accord, Nantes, ce n'est pas vraiment la campagne, mais ton héroïne quitte Paris quand même », trouver un nouveau collège pour sa benjamine rétive aux règles, « Notre établissement n'est pas fait pour les marioles », a menacé le principal, Anna s'est retenue de répondre : « Auriez-vous la gentillesse de me donner l'adresse d'une école faite pour les marioles », et, encore plus difficile, dénicher un « lieu de vie », dixit la directrice de l'actuelle maison de retraite où habite sa mère, « plus adapté à ses besoins ». « En fait de lieu de vie, vous me demandez de lui trouver un endroit pour mourir ? » La question a laissé muette la directrice des Acacias. De cette colère qui la fait se tromper d'ennemi, Anna s'en est immédiatement voulu, s'est excusée auprès de la valeureuse Mme Gélin toujours prête à se battre pour quelques bidons d'assouplissant, elles sont raides comme la justice les serviettes de toilette aux Acacias, pour un peu de dignité dans son purgatoire. Faute de moyens, c'est chacun pour soi dans sa petite antichambre de la mort avec sa vieillarde, il n'y a presque que des femmes aux Acacias, les hommes ont eu la bonne idée de mourir avant. L'époque idolâtre la jeunesse plus qu'un tas d'or et a le dégoût de la vieillesse, rien que le mot lui donne un haut-le-cœur. Les vieux ! À la télévision, pour ne pas s'écorcher les lèvres, les journalistes parlent de « seniors » comme s'ils travaillaient à la SNCF ou disent « nos anciens » en appuyant sur le « nos », mais fondamentalement tout le monde s'en moque de la condition inhumaine dans les Ehpad. Lorsqu'un journaliste dévoile la réalité impensable dans laquelle vivent « nos aînés », la recherche du profit qui a balayé tout égard élémentaire, la rentabilité toute considération de respect, on s'offusque et puis on oublie, on préfère débattre des droits de succession. À croire que les hommes politiques sont tous nés orphelins, alors même que la décrépitude est très démocratique, personne n'y échappera. La nouvelle saisonnalité de l'existence – on fait tout plus tard – ne réserve plus de pause aux femmes (les hommes ont mieux à faire que dispenser des soins domestiques, on connaît la chanson), même plus d'années à s'endormir tranquilles en s'inquiétant seulement du crédit pour payer le traiteur du mariage de l'aînée, les mères se retrouvent à torcher leurs gosses en même temps que leurs parents. Anna rêve d'un répit, mais autant chercher des enfants moches sur Instagram, cela n'existe plus.

Gling. Smiley, smiley, émoticône d'un poney égaré parmi des cœurs multicolores, smiley encore, puis ce message :

Ma chérie, tout va bien. Tout est positif !

Le cerveau de sa mère attaqué par une maladie cognitive dégénérative ne peut soupçonner qu'un résultat positif recèle maintenant une mauvaise nouvelle, d'autant que Dieu soit loué elle ne manifeste aucun symptôme du Covid, à moins qu'elle n'ait plus les mots pour le dire. C'est positif, donc tout va mal, c'est contre-intuitif, expression à la mode, hier encore un confrère lui a vanté l'essai « vachement intéressant » d'un sociologue polonais sur la pandémie :

– J'ai jeté un œil, c'est complètement dingue, on n'est pas sûr de grand-chose mais quand même, affirmer que le virus est un message d'espoir, il n'y va pas un peu fort ton Polonais ?

– Non, ce n'est pas faux, c'est contre-intuitif.

Le grand public n'achète plus que des romans doudous promettant « good feelings » et « résilience », sinon il allume Netflix pour se vautrer dans des séries aux univers impitoyables et aux ignobles héros, allez comprendre. Les écrivains doivent livrer leurs chagrins « sans pathos », l'époque a horreur du pathos, tolère la douleur seulement si c'est « la lumière » qui gagne – quelle plaisanterie ! –, la lecture doit être un passe-temps, une distraction. « Vous n'avez qu'à cocher la case *loisirs* », a tranché Mme Gélin lorsque Anna ne voyait aucune profession ressemblant à la sienne dans la liste préremplie du formulaire d'admission de sa mère aux Acacias. Pour que la littérature survive, il faudra bientôt songer à la transformer en parc d'attractions avec Amélie Nothomb et son grand chapeau en Madame Loyal, et Michel Houellebecq en Monsieur Irma dira la bonne aventure.

Chaque matin depuis trois jours, Nine lui écrit que tout va positivement bien, de sa maison de retraite non adaptée et de ses neurones enfarinés.

– *Je suis contente que tu sois en forme ma petite maman jolie, je passe t'embrasser le plus rapidement possible.*

– *Tu vas le constater par toi-même, ils sont très tendus ici.*

– *C'est normal en ce moment, maman.*

– *Je crois que j'ai deviné pourquoi, mais c'est un secret, tu ne diras rien, je ne veux pas les mettre dans l'embarras...*

– *Motus et bouche cousue, qu'est-ce qui se passe maman ?*

– *Je crois qu'ils ne veulent pas nous le dire, mais ils ont des problèmes d'argent. Ils nous servent les repas dans de la vaisselle en plastique. Je ne dis pas qu'avant c'était le grand luxe, mais tout de même, pour qui nous prennent-ils ?*

Bon sang, ça rime à quoi de vivre en lapant une soupe avec une cuillère en plastique devant *N'oubliez pas les paroles* ? Parfois, Nine fait semblant de lire, vestige de la femme cultivée qu'elle était et dont, une heure ou deux, elle endosse l'identité fatiguée. Elle brandit un exemplaire écorné de *L'Europe* de Jean Monnet : « Tu connais ? C'est passionnant, je te le prêterai quand j'aurai fini. » Et Anna doit retenir ses larmes. Combien de fois sa mère lui a-t-elle affirmé son désir de mourir dans la dignité, « Tu appelleras ma copine Benoîte Groult, elle te dira que faire, et hop la Belgique, et hop le requiem de Mozart et une petite chanson de Paul McCartney pour la sortie, je te laisse choisir, je les aime toutes, et on n'en parle plus. » Mais hop, Nine n'avait jamais rempli le dossier, retrouvé vierge par Anna lorsqu'elle avait vidé la maison folle de sa mère. S'est-elle résolue à rester en vie jusqu'au bout ? A-t-elle juste oublié ? Ou changé d'avis ? De toute façon, quel jour débute l'indignité, bien malin qui peut répondre. Peut-être ce samedi matin où, dans le lit de sa chambre des Acacias (les vieux devraient toujours se méfier des établissements à fleurs, ils sentent l'anticipation à plein nez), Nine aux jambes de guimauve striées de veines bleu marine l'avait accueillie avec allégresse : « Ce n'est pas pour me vanter ma chérie, mais cette semaine, j'ai joué au tennis et je peux t'assurer que je me défends encore drôlement bien. » Ce déjeuner où une côtelette d'agneau avait ravivé ce visage désormais inconnu. Car si Nine ne reconnaît bientôt plus sa fille, Anna reconnaît de moins en moins sa mère en cette créature au langage « inapproprié » – comme dit Mme Gélin, et cet euphémisme plein de tact l'émeut – qui balance : « Le petit médecin, celui avec la moustache, il dit que c'est parce qu'on est en novembre, et moi je ne vois pas le rapport, je lécherais bien son petit cul. » Puis elle était redevenue l'ombre d'elle-même avant de jurer qu'elle quitterait la France « si cette chauve-souris de malheur » dont elle ne voulait pas prononcer le nom devenait présidente. Ce déjeuner où Nine bavait presque de gourmandise, alléchée par une côtelette d'agneau, elle qui refusait d'en manger depuis au moins cinquante ans : « L'agneau pleure quand on le sépare de sa mère pour l'emmener à l'abattoir, ne compte pas sur moi pas goûter à ces larmes-là. D'ailleurs, pour être honnête, les gens qui mangent du gigot sont infréquentables. » Sa mère véhémente transformée en agneau par une côtelette. Benoîte Groult est morte, comme elle le souhaitait grâce à ses filles courageuses, Anna n'a pas osé l'annoncer à Nine. Et elle redoute ce jour effrayant où elle devra entrer dans la chambre des Acacias avec un badge épinglé sur la poitrine, imprimé d'un « Je suis ta fille ».

Est-ce qu'elle aussi salivera devant de la cervelle ignoble d'un mouton, héritière des mauvais gènes de sa mère, de Mamita et de grand-grand-mère avant elle, la légende familiale raconte qu'à la fin de sa vie la vieille dame ouvrait sa robe de chambre molletonnée pour montrer ses seins au facteur. Tout Pont-Croix en plaisantait et l'épicier affirmait haut et fort qu'il lui apporterait bien le courrier, à cette délurée, mais tous, voisins et amis, l'avaient accompagnée avec respect et gentillesse jusqu'à sa fin, dans la maison où elle était née. Anna se promènera toute nue dans la rue, c'est son destin, rien de grave, elle éprouve une tendresse infinie pour les fous.

Parfois, lorsque Nine est reposée, un faux air de la flamboyante qu'elle était, les méninges à l'endroit, Anna essaye de l'interroger : « Maman qu'est-ce que tu veux, vraiment ? » Mais la question tombe dans un abîme trop profond.

La mort est devenue détestable, pas de ça chez nous, mais pourquoi, pour flatter l'espérance de vie de la France ou parce qu'elle a perdu toute espérance ? Plutôt que les laisser partir tranquilles, on préfère s'acharner sur des vieillards immobiles et aphasiques, arrimés dans d'immenses barquettes en plastique, l'image hante Anna. Elle se contraint à regarder droit devant elle lorsqu'elle parcourt les couloirs des Acacias jusqu'à la chambre de Nine, mais les portes grandes ouvertes, au revoir aussi la pudeur, et bien sûr, c'est plus simple pour surveiller les pensionnaires, laissent entrevoir des corps impossibles à ignorer. Les Acacias ont ce pouvoir d'ébranler toutes les certitudes. En quoi consiste le respect pour ces gisants ? S'acharner sur le moindre quignon de vie en se disant que chaque minute compte et le choyer avec une serviette de toilette en carton, ou consentir au trépas ?

L'État tergiverse, cachez ce sujet que je ne saurais voir. Chacun en est réduit à bricoler dans son coin avec l'espérance démente que meure ce parent qu'il aime afin d'abréger ses souffrances.

Non, Anna ne peut pas vouloir la mort de sa mère.

Alors, elle caresse la main de Nine, au grain devenu aussi lisse que du papier de soie, une peau comme une terre brûlée sur laquelle rien ne poussera plus jamais, en priant pour que les portes du ciel ne s'ouvrent pas trop tard tout de même. Et en remerciant ces infirmières, aides-soignantes, kinésithérapeutes, orthophonistes, extraordinaires de gentillesse, de patience, de délicatesse, cette armée sans moyens et sans plaintes dont les sourires lui font croire en un monde meilleur.

Concentrer ses efforts sur ce dîner, cuisiner un plat acceptable à mettre sous la dent de ses filles. Le frottement du courrier glissé par la gardienne sous la porte d'entrée interrompt sa lecture de la recette de « suprême de volaille parfumé et moelleux ». Rien à espérer d'enveloppes rectangulaires, au contraire, sur l'une d'elles le tampon du collège de Joy présage une nouvelle « observation ». Petite danse de la joie, seulement la relance de la facture de cantine qu'elle a oublié de payer.

« Se soigner selon les préceptes d'une médecine millénaire, c'est la garantie d'une vie meilleure, santé, sérénité, jeûne et orgasme d'un genre nouveau, voilà ce que vous découvrirez dans mon nouvel ouvrage », un médecin fait la publicité de son best-seller sur France Inter. Un orgasme d'un genre nouveau, il y va fort. Tous ces ouvrages de mieux-être, « huile d'olive et vie éternelle », semblent à Anna une supercherie de première classe, ce n'est pas son esprit que l'on choie ainsi mais son nombril, sa tuyauterie, on ne nourrit pas son cerveau avec de l'avoine. Moi, moi, moi, ce matin elle ne manifeste pas assez d'intérêt envers elle-même pour boire un verre d'eau chaude avec un comprimé de spiruline et avaler gentiment une ration de protéines. Elle dévore de grandes cuillerées de Nutella, si elle avait une louche elle n'hésiterait pas une seconde, mais elle n'a pas de louche – quand elle était petite, la soupe était réservée aux enfants et aux vieux, il devait y avoir un rapport avec les dents, et aujourd'hui le monde entier s'exclame devant un potage ou un velouté, il ne faut pas pousser –, ni de machine à pain, ni de robot Magimix et besoin de consulter Marmiton pour se souvenir des ingrédients du gâteau au yoghourt.

Elle a de la chance, son corps est un bon compagnon malgré les mauvais traitements qu'elle lui inflige. Certains soirs où le sentiment de son inexistence à pédaler sans fin dans sa roue de hamster fait vaciller tous ses bonheurs, elle fume encore comme dans un film de Claude Sautet, et mange des chips en fumant. Jusqu'à quand sa santé la laissera tranquille, telle est la question à laquelle elle répondra trop tard ; trois mails de relance de l'Assurance maladie en deux jours : « Le dépistage du cancer du col de l'utérus ne doit pas être reporté », « Cancer du sein, de quand date votre dernière mammographie ? », et elle a aussi oublié la prévention du « cancer colorectal ». Am, stram, gram, lequel attaquera en premier, mais non dans sa famille les femmes finissent zinzin dans leur corps qui tient bon. La méditation, le salut au soleil, la gym douce, Anna essayerait bien après tout, l'idée lui sied de retrouver des cuisses de rêve et peut-être même foi en la joie, mais elle n'a pas le temps non plus. Elle lave ses cheveux avec un shampooing de grande surface bourré de sulfates, se maquille avec du poison sûrement, « miroir mon beau miroir suis-je toujours la plus vieille », cernes versus anticerne, victoire par K-O des demi-lunes indélébiles, observe que bientôt elle aura plus de ventre que de seins, camoufle la bouée surgie mécaniquement de son jean lorsqu'elle l'a fermé – c'est à moi tout ça ? – sous un chandail sans doute fabriqué par des femmes exploitées dans une usine du Bangladesh, « tant qu'il y aura des chevaux, des arbres et des oiseaux, nous resterons ensemble », la la la, si seulement Marie Laforêt avait raison, « Modern Love », non pas le temps de rater un gâteau maison, « Ballade pour Izia », elle arrive au bout de sa play-list et se sent de nouveau vivante. Elle achètera un merveilleux, comme d'habitude, chocolat noir, ses filles adorent.

Gling. Tu étais impériale à la télévision la semaine dernière pour défendre le livre posthume d'Axel, chapeau bas. Ton messie.

Axel, son ami de toujours, son écrivain préféré et suicidé, précipité par la fenêtre par un élan irrépressible, sans mobile apparent. Et toute l'existence devenue vaine ou essentielle, ça dépend des jours, comme après la guerre. Anna ne s'en remet pas, lourde de questions sans réponse, Axel s'est envolé avec son mystère. Elle l'implore souvent de lui montrer la voie, de lui envoyer un signe. Mais la loi impitoyable des vivants lui enjoint de chérir son ami en silence, sous peine d'être accusée de morbidité ou de complaisance. Les morts sont comme les vieux, l'époque n'aime pas trop ça.

Elle édite Emmanuel, génie drôle et barré, depuis des années. Ces auteurs à qui elle tient la main au cours de cette traversée solitaire qu'est l'écriture lui donnent des petites ailes. Un roman splendide et tout est illuminé.

– *Tu as la télé maintenant ?*

– *J'ai regardé l'émission chez ma mère, elle me déteste toujours autant, mais toi elle t'a adorée. Ai-je le droit de dire sans t'offenser que tu étais splendide !*

– *Tu parles, une vieillarde maquillée comme une pute russe !*

– *N'en rajoute plus, tu vas m'exciter. Je suis tellement dépressif qu'il va falloir que tu viennes chercher mon manuscrit au pavillon rabbinique psychiatrique de Cochin.*

– *Arrête ton char et travaille, je te rappelle que cela fait un an que je raconte ton livre aux commerciaux sans même en avoir lu une ligne, embrassades d'une catho dépressive, c'est plus rare.*

– *Entre dépressifs, on s'aime ! Cela ferait un bon sujet de livre !*

La culpabilité la submerge lorsqu'elle entre dans la chambre de Joy dont l'exemplaire de *Tristan et Yseult* est resté bien au chaud dans son sachet Gibert Jeune depuis une bonne semaine, objet d'une dispute matinale devant des tartines grillées comme au temps d'avant l'éducation positive, cris et portable supprimé jusqu'à la fin des temps. « Inventer avec ses enfants une charte de bonne conduite de l'iPhone », serinent les psys d'une voix doucereuse au cours de ces émissions de radio offrant des solutions à tous les problèmes, cette vie mode d'emploi dont le murmure la berce, hop comme disait Nine, hop le harcèlement scolaire réglé en une heure chrono, hop l'insomnie, terminée, hop tu parles. La seule façon de lutter contre cette drogue dure qu'est le smartphone est de se comporter en nazi. Yseult n'a aucune chance face à *Minecraft*. Anna déteste s'être transformée en mère mégère ce matin.

La moquette de la chambre de Joy ressemble au sol d'un TGV Paris-Montpellier en gare d'arrivée, paquets de chips éventrés, épluchures de clémentine et papiers de bonbons. Pourtant, Anna pourrait presque pleurer d'attendrissement devant la collection de mangas rangés avec le soin d'un employé de la Bibliothèque nationale, des post-it de toutes les couleurs collés sur les tranches des volumes, « inratable », « deuxième meilleur de la série », « page 32 impossible :

Naruto porte une arme intacte alors qu'il l'a explosée page 18 ». Elle met le nez dans le tee-shirt de Joy qui refuse depuis la rentrée de porter des chemises de nuit, « Yallah ! T'es folle, je suis trop grande. » Le vêtement sent l'enfance, fade et sucrée. Pas l'ombre d'un relent de préadolescence, cette étiquette collée sur le front des gamins aux genoux encore couronnés de bobos, à croire que la société veut faire la peau aux enfants, précipiter le plus vite possible ces rêveurs aux idées folles « on dirait que j'étais la Reine des neiges » dans les rangs des adolescents conformistes. Ils n'ont pas perdu leurs dernières dents de lait que déjà ils s'enorgueillissent de ce titre de préadolescents qu'ils pensent de gloire.

L'enfance est devenue aussi brève qu'une étincelle.

Lorsque Joy avait été surprise dans sa chambre, à désosser ses poupées Barbie avec des copines par une élève de leur classe arrivée en avance pour faire un exposé, la peste sans doute débordée par ses méchantes hormones s'était répandue en moqueries sur Instagram, ce nouveau miroir qu'on promène le long de nos chemins : « Ce cassos, elle a encore une caravane de bébé dans sa chambre. » Les mères se ressourcent en faisant des loisirs créatifs, tricot et céramique, pendant que leurs filles achètent des vêtements sur Vinted.

Sous le lit, Anna découvre la collection de peluches planquées telle une tribu en danger. Elle est saisie d'une infinie douceur pour cette fillette à la peau de dauphin, aux tibias tachetés de bleus, on dirait de fines pattes de léopard, aux joues salées par un crétin chevelu lui préférant une Carla en crop top, ce vêtement transformé en débat de société. Le ventre que les filles doivent planquer à l'école, les seins encore inexistants qu'il leur faut cacher à la plage sous des soutiens-gorge inventés par des adultes sexualisant les enfants en toute bonne conscience, fichez donc la paix aux petites filles modernes.

En l'absence des siens, Anna chancelle, en leur présence, elle s'emporte. Est-ce qu'elle les préférerait de loin ? Lutter contre le ressentiment, qui empoisonne les relations. Des regrets plutôt. La vie a filé et elle ne l'a pas vécue. Elle ne se souvient pas des premiers pas de Joy, du moment où elle s'est élancée, château branlant au regard rayonnant. Est-ce qu'elle était bien présente, articulant des bravos d'une voix étranglée ? Sa fille a dû apprendre à marcher en géorgien. Sofili, la nounou rentrée depuis à Tbilissi, en a certainement conservé la photo dans la mémoire de son portable, montrée à ses amis, tel un triomphe personnel. La fatigue lui a volé ses enfants. Ses regrets mis à vif par un tee-shirt froissé qu'elle respire telle une droguée, elle pleure sur tout ce qu'elle a manqué ou vécu en somnambule, l'esprit ailleurs, le cerveau absorbé par des bêtises, rompue de travail par des journées trop remplies, même pas le temps de réaliser qu'elle était heureuse. Et elle se sent stupide de n'avoir pas su faire la part des choses, les années passaient, et elle ne pensait qu'au lendemain, venir à bout de cette masse de tâches surgissant devant elle comme dans un jeu vidéo, sans se poser d'autres questions que terminer à l'heure, espérer que le temps passe plutôt que de le retenir, comme si l'unique intérêt des choses tenait au fait qu'elles avaient une fin.

Elle est fière de ses filles. Le rap féministe de Joy :

« Ras le bol des petits durs qui règnent en bâtards,

Les filles changent les règles il n'est pas trop tard,

Pas besoin pour elles de mimer les garçons,

Elles transformeront la société à leur façon,

Dures et douces à la fois

C'est la nouvelle loi. »

« Langage trop familier, hors sujet, non noté », a commenté en rouge la professeure de français.

« Ce n'est pas sa faute, elle s'appelle Christine, avec un prénom pareil, elle est née vieille », a balayé Joy. Non, on n'allait pas se laisser ratatiner par cette réac. La consigne exigeait d'imaginer le monde de demain, Anna s'est fendue d'une lettre digne d'être affichée dans les couloirs de l'académie, thèse, antithèse, synthèse sur notre difficile acceptation d'une modernité parfois dérangeante, elle a même cité Mallarmé, la rappeuse a décroché un 15 sur 20, justice était rendue.

Anna se ferait découper en morceaux avec un couteau à beurre pour chacune de ses trois filles, elle le leur répète sur tous les tons, mais passe plus d'heures au téléphone le soir que de temps à les regarder grandir. Ces coups de fil, tout novembre, adressés à chaque juré pour obtenir un prix littéraire, « avec la voix qu'elle prend pour parler au chien », comme dirait sa fille cadette. En comptant ses croix, elle se faisait l'effet de Tiberi pourchassant ses électeurs. Cette Rastignac, semblable à une héroïne de film hollywoodien avec ses dents blanchies pour l'occasion, ne saurait jamais que sa victoire tenait à un juré rattrapé au péage, dans son automobile, sur la route de sa résidence secondaire par un ultime appel d'Anna.

« Tu ne connais rien de moi », lui a balancé le week-end dernier sa fille en colère. Et si

Félicité avait raison ? Et si elle s'était trompée à force de pudeur et de questions retenues par la peur d'être une mère intrusive, employée à temps plein au service des autres ? Bien sûr, elle a embrassé ses enfants jusqu'à user leur peau, caressé des heures le dos de sa petite insomniaque pour l'endormir, foncé au JouéClub de Creil un 24 décembre au matin pour acheter la dernière voiture de Oui-Oui disponible en France, pansé leurs peines de toutes petites, négocié leurs doléances de grandes. Elle a essayé de leur donner des règles pour s'élever, le goût de la liberté de penser pour voler au-dessus de la mêlée, de l'autorité pour se défendre, elle a lu à haute voix et dans son intégralité *Vipère au poing* à la petite en larmes « je ne comprends pas pourquoi elle est si méchante, la maman », et elle se demandait pourquoi un imbécile de fonctionnaire avait décidé de mettre ce vieux rogaton d'Hervé Bazin au programme, si ce n'est pour dégoûter à jamais les enfants de la lecture.

Et ce matin, elle est cette presque vieille, qui songe c'est trop tard. Cinquante-trois ans, ressenti cent cinquante. La vie l'a roulée. Ses enfants ont le cœur pris ailleurs, son couple ressemble à une carcasse dénuée de chair, ses jours sont pleins d'absents trop présents et de présents invisibles, la vie a passé. Et Allegra sa fille aînée a une grande nouvelle à lui annoncer.

Elle avait prénommé Allegra cette enfant tombée du ciel, celle que personne n'attendait sauf elle, parce que malgré les émotions dans lesquelles elle était plongée jusqu'au vertige, écartelée sur la table d'accouchement, à la seconde où le médecin avait posé le corps chaud sur son ventre dégonflé, elle se faisait l'effet d'une plage à marée basse, le bébé collé à sa peau par le sang, les glaires, la sueur et pourquoi pas des algues, elle avait l'impression d'avoir abordé les rives d'un continent fantastique, cette partie d'elle-même que des mains voulaient déjà lui enlever pour s'assurer que tout allait bien, et elle avait dit « non, pas tout de suite », ses premiers mots dans la salle de travail où elle n'avait été qu'un long silence, un bloc de honte, elle n'avait de réponse à aucune des questions qu'une équipe d'hommes et de femmes en blanc lui adressait, mais à cette seconde même elle avait ressenti un bonheur inédit. Elle était exténuée, abasourdie, hagarde, une bête curieuse, et elle qui ne cherchait depuis toujours qu'à disparaître dans le paysage détestait être l'objet de ces regards pleins de curiosité et d'empathie. Elle n'avait aucune explication à leur donner et, à vrai dire,

Nine et le père d'Allegra, bavards pour une fois muets, étaient trop embarrassés par cette naissance impromptue pour en demander. Elle était si confuse, terrassée de culpabilité, elle se sentait une mauvaise fille de fait divers, peut-être est-ce pour cela qu'elle déteste les histoires que les lecteurs adorent, elle a toujours refusé d'en publier, elle abhorre la façon qu'ont les journalistes de transformer en chair à pâté des douleurs inhumaines.

En un éclair, sa fille l'avait sauvée. Elles s'étaient reconnues mutuellement. Un miracle après neuf mois de solitude à en crever, traversés en somnambule, la réalité était trop douloureuse pour être vécue. Des années plus tard, elle avait retrouvé l'équivalent de cette expérience dans les romans de Modiano lorsqu'il se souvient de son enfance, fait comme si ce n'était pas à lui que c'était arrivé, cet abandon, ces trahisons, parce que sinon c'est trop épouvantable. S'auto-administrer une bonne dose de chloroforme, elle avait fait ça. Et elle ne pouvait toujours pas lire certaines pages des romans du prix Nobel sans de violents sanglots. L'empathie la prenait pour ce chagrin qui n'était pas le sien parce qu'elle n'avait jamais laissé couler les larmes qui lui revenaient en propre.

Les premières semaines suivant la naissance, Anna avait dévoré les bibles des pédiatres, les vieux, les jeunes, les Américains, avec la sensation de lire les consignes de sécurité d'un chef de bord dans un avion avant le décollage. D'accord, jamais sur le ventre sous peine de mort, pour le reste, elle avait rangé les ouvrages avec la boîte noire de son expérience indicible. Est-ce parce qu'Anna avait épuisé pendant sa grossesse solitaire sa réserve d'angoisses, de cauchemars d'enfants morts et de tragédies hypothétiques ? Elle était devenue sereine au premier regard échangé avec son nouveau-né. Et même si elle se levait parfois, au milieu de la nuit, pour être certaine de sentir s'échapper de cette bouche minuscule un souffle qui n'aurait même pas éteint la flamme d'une bougie, pour être sûre qu'Allegra endormie était bien vivante, elle s'était glissée dans son nouveau rôle avec évidence. Son instinct maternel tournait à plein régime.

Le premier matin de sa vie, nichée dans le creux du bras d'Anna, Allegra lui avait souri, Anna le jure sur la tête de ses trois enfants, même si les manuels affirment que ce n'est pas possible. À un jour ? Oui, à un jour. Comme si elle consentait à cette mère improbable, Allegra lui avait souri dans la solitude de ce qui ressemblait à une chambre d'hôtel de luxe, Nine avait fait tout un foin afin qu'Anna obtienne la meilleure chambre de la maternité, celle qu'on réservait aux vedettes ou aux présentatrices de télévision. Malgré le brouillard de l'anesthésie, Anna en était gênée ; des années plus tard, elle avait discerné dans le combat de sa mère non une quelconque vanité mais une minuscule façon de se rattraper. Se sentaient-ils tous coupables alors qu'elle se sentait coupable de les rendre coupables ? Peut-être porte-t-elle, depuis tant d'années, leur culpabilité jamais avouée de n'avoir rien vu, rien soupçonné de cette grossesse, en plus de la sienne de n'en avoir rien dit ? La vie n'est qu'un jeu de regards, épier, scruter, admirer, se détourner ou fixer, assassiner ou caresser des yeux, et peut-être qu'écrire ou lire n'est rien d'autre que regarder ce que les autres ne veulent pas voir.

Être éditrice, c'est se mettre à la place des autres et ça lui convient très bien, elle aime être transfusée d'autres mots que les siens. Elle se réfugie dans leurs échappées.

Avant Allegra, elle ne pensait pas qu'on pouvait aimer de manière si incontestable et déraisonnable en même temps.

Elle était animale, semblable aux enfants qui savent au fond d'eux ce qui est bien et ce qui est mal même si le contexte général leur échappe. Les bons gestes naissaient de ses bras, élémentaires, chérir, nourrir, laver, des bains à la queue leu leu, c'était donc ça un bébé, donner le sein, elle avait suffisamment de lait pour tous les nourrissons de la maternité et jamais une crevasse, endormir, réveiller, chantonner, vêtir, ressentir un éblouissement différent à chaque seconde. Parfois, lorsqu'elle regardait son enfant, elle ressentait un élan si puissant qu'il lui brisait le cœur. Mais Anna, ébranlée par la moindre brise contraire, ne doutait de rien face cette minuscule personne, pas même à la tombée de la nuit, à l'heure bleue où les bébés hurlent et les adultes fragiles choisissent la corde pour se pendre. Allegra dormait, grandissait, riait, Anna faisait confiance à la vie.

Elle entend encore la voix du pédiatre à la beauté spectaculaire penché sur elle allongée sur la table de travail de la maternité, et elle se demandait ce que cet homme magnifique pouvait bien faire là, elle ne savait même pas qui était qui, l'anesthésiste, la sage-femme, l'infirmière, elle avait juste identifié celui qui avait enfilé de grandes bottes de caoutchouc. Alors que tous s'affairaient soulagés, le bébé allait bien, le pédiatre avait été le seul à lui demander comment elle se sentait. Anna l'avait adopté pour suivre Allegra, et elle se souvient de lui, annonçant lors de la visite de un an « Et maintenant steak-frites ! » C'était il y a trente ans, l'enfance était simple comme bonjour.

À la naissance d'Allegra, Nine avait pour une fois rangé sa langue dans sa poche, l'épaulait sans commentaires et avec tendresse. Anna avait vingt ans, des études à terminer, un métier à trouver, de l'argent à gagner, la vie dans ce qu'elle a de plus basique à mener. Prodiguer les soins domestiques et lire des manuscrits remplissait ses journées, elle mettait les bouchées doubles, sa jeunesse a ressemblé à un film en accéléré.

Rétrospectivement, elle ignore avec quelle grâce du ciel elle a traversé ces années, affairée et noyée dans une solitude inexprimable, même auprès de son amie Séraphine. Allegra l'avait empêchée de sombrer dans le néant, un enfant, ça n'attend pas, ni le chocolat chaud le matin ni une nouvelle paire de chaussures à acheter le soir parce que ses pieds ne rentrent plus dans les bottines. Elle avait fait bonne figure, un mensonge ambulant, depuis, elle sait qu'on ignore toujours comment vivent les gens, vraiment. Elle vivait une heure après l'autre, un pas derrière l'autre, l'amour maternel ressemblait à un don de soi lui permettant de trouver en elle une détermination qu'elle ignorait posséder, elle qui s'était fondue depuis l'enfance dans les désirs de sa mère. Dans un souci de normalité, tout pour faire oublier ce fait divers, pour redevenir invisible, elle avait accepté d'emménager dans un appartement avec le père d'Allegra, mais la jalousie de cet homme s'était révélée invivable, elle ne lui en voulait pas, peut-être cherchait-il dans la surveillance constante qu'il exerçait sur elle à saisir enfin ce qu'il n'avait pas vu. Il s'était pris d'une passion folle pour sa petite fille, et lorsque Anna avait littéralement pris Allegra sous le bras pour s'enfuir chez sa mère après une scène d'une violence terrifiante, il avait dû se sentir si dépossédé qu'elle s'en voulait aussi de cela, décidément la culpabilité lui faisait mordre la poussière. Mais elle avait tenu bon, seule, et Allegra l'avait élevée, tournesol regardant la lumière, puis la télévision, nounou de substitution. Et chaque jour de son existence, Anna espère que sa fille aînée ne lui en veut pas trop de cette naissance impromptue et de cette enfance biscornue, « mais après tout ma fille, on n'est pas des moutons, ni même des brebis ».

Des années plus tard, elle avait appelé Félicité sa deuxième fille, Joy la troisième, ils étaient un peu ridicules ces prénoms sonnant comme des déclarations, mais pas plus que Théodore ou Adrienne, les élèves de maternelle portent les mêmes noms que les pensionnaires des Acacias. De nouveau, la même passion pour ces nouveau-nés, pour cet amour domestique, baigner, langer, nourrir, chérir, du nouveau, Peter à ses côtés et plutôt deux fois qu'une, ce bonheur renouvelé d'être enfin partagé.

Quand a donc surgi ce sentiment d'impuissance, cette peur de mal faire, ces hésitations perpétuelles, protéger ses filles ou les responsabiliser, les gronder ou leur lâcher du lest, c'est grave ou ce n'est pas grave ? Fouiller le téléphone portable de son mari comme hier les épouses jalouses retournaient les poches, c'est mal, mais surveiller le compte Instagram de ses enfants, est-ce être attentive ou intrusive ? Des pédophiles déguisés en chaperons rouges sur les réseaux sociaux, des dealers à la sortie des classes proposant pour le prix d'un pain au chocolat des substances qu'Anna ne saurait même pas identifier, des harceleuses taille douze ans, des mômes vomissant à l'idée d'aller en classe, trop de pression, des gamins pendus dans leur chambre à côté de leurs peluches, assassinés par des mots venimeux. Des périls modernes et sans cesse renouvelés surgissent partout, chaque minute est menaçante, et Anna a l'impression qu'elle n'a plus la possibilité de baisser la garde un seul instant. Mais comment font les gens ? S'il n'y a pas mort d'homme, on se réjouit, « seulement du cannabis », rien de grave. Pas étonnant que fleurissent tous ces ouvrages dans lesquels les femmes avouent regretter d'avoir enfanté, *regretting motherhood*. « L'amour ne suffit pas », serinent les pédiatres à longueur d'émissions, il faut être psy, prof, flic et nutritionniste pour élever un enfant, la maternité est devenue une profession à haut risque. Mère positive ou mère indigne, choisis ton camp camarade.

Travailler, Anna a toujours su, sa mère ne lui a pas laissé le choix, elle a dû être un nouveau-né appliqué à faire ses nuits dès la sortie de la maternité. Nine lui a inculqué qu'être brillante était l'unique façon de faire oublier son genre féminin, c'était injuste mais c'était ainsi, pas la peine de pleurnicher. Anna pourrait crever tous les plafonds de verre, expression à la mode de l'époque, à condition d'étudier deux fois plus que les garçons, d'être la meilleure, même en ancien français.

Mais que va devenir son métier auquel elle a tant sacrifié, aujourd'hui qu'une Cruella à la clope électronique au bec rose fuchsia et à la peau luisante de mauvaise qualité, étonnant pour une femme de sa condition, splendide par ailleurs et agrégée de lettres – même dans le Haut-Béarn, ils doivent être au courant tant elle le répète comme si ce titre lui donnait tous les droits –, a été nommée à la tête de la maison d'édition où Anna travaille depuis vingt-cinq ans.

Dans le couloir, la cheffe luisante, panoplie de *working woman* des années quatre-vingt, jupe crayon et caraco en dentelle dépassant d'une chemise largement ouverte, dit bonjour comme si elle accordait une faveur. Dans les réunions, répète « mes » équipes, à croire qu'elle en possède plusieurs bataillons. Est ce genre de femme qui part fêter les quatre-vingts ans de son père un week-end à Ibiza comme si c'était normal, évidemment sa famille a découvert l'île avant les touristes de masse.

À peine assise dans son fauteuil, elle a convoqué Anna pour la complimenter, « Ton travail est parfait, tes auteurs t'adorent, la littérature, notre passion commune... » Égarée par ce discours dans le sens du poil, Anna n'a pas vu le coup arriver, « Mais tes romans, tes petits Maupassant, je le déplore évidemment, mais tout le monde s'en bat les couilles aujourd'hui ! Il faut que tu te mettes au goût des gens. Les stars de la télé, les sportifs, les influenceurs de Dubaï, voilà de quoi ont envie les lecteurs, des destins qui les font rêver comme quand ils vont composter leur bulletin du Loto. Ou alors des enfances malheureuses, des accidents du travail pour les rassurer sur leur petite vie. Putain, il faut que tu fasses du chiffre, sinon t'es morte. » Le mépris défigurait sa beauté pourtant incontestable.

La main sur la poignée de la porte, Anna se sentait déjà subclaquante, essayant de se mettre au diapason des goûts de tout le monde, s'interrogeant sur cette mode qu'ont les femmes bien élevées de parler comme des charretières, l'esprit parasité par la vision de la cheffe luisante faisant l'amour avec son secrétaire d'État toujours trop serré dans ses costumes et lui-même spongieux, tout le milieu était au courant, leurs étreintes devaient produire un drôle de bruit de ventouse. Et puis elle s'est souvenue du grand patron élégant et normalien, en vingt-cinq ans elle ne l'a jamais entendu s'en glorifier, il l'avait engagée « parce que tu ne penses pas comme tout le monde ». L'édition devient un métier d'épiciers et elle n'a pas encore l'âge de la retraite.

– Anna, j'oubliais, un open space, tu ne serais pas contre ? J'ai envie de casser tous les murs, on n'est plus au dix-neuvième siècle !

Travailler sur un bureau prémoulé de maison Playmobil, séparée de son voisin par une vitre transparente en plastique, Anna ne voit pas très bien qui pourrait en rêver la nuit, mais elle se tait en femme soumise du vingtième siècle.

Pas le temps pour les sentiments, ma vieille.

Un gigot ou un chapon, la chasse est ouverte.

Ouf, Derek n'est pas encore à son poste, d'observation le matin, d'insultes le soir, assis devant la haute porte cochère de l'immeuble. Le clochard polonais est installé en bas de chez eux depuis plus de dix ans, à la réunion de copropriétaires de l'immeuble il y en a toujours un pour proposer d'asperger son bout de trottoir avec une bombe lacrymogène en vue de le déloger. Anna et Peter refusent, et ça fait des histoires. Mais ils doivent reconnaître qu'ivre mort, il devient menaçant, effrayant, est-ce une raison pour lui refuser ses quelques mètres carrés de bitume, Anna ne sait pas répondre à cette question.

Elle arpente le marché à la recherche d'un mets comestible avenant et d'un abord facile. Habituée des grandes surfaces parcourues à la vitesse d'une marathonienne kényane, elle trouve lyriques ce matin ces pommes parfaitement rondes et astiquées – la commerçante a-t-elle craché dessus pour les faire briller ? Elle se sent joyeuse et idiote. On dirait les étals de marchandises en plastique dont elle rêvait petite fille mais sa mère avait rétorqué qu'elle n'avait pas « fait tout ça » pour élever une ménagère et lui avait offert un microscope dont elle n'avait jamais su se servir. La lumière de l'instant la saisit. Les reflets jaune paille du soleil de décembre, le bleu du ciel de sports d'hiver, le bonheur est bonhomme. Elle lève le nez, attirée par un bruit insolite. On dirait presque qu'il pleut des oiseaux, une immense envolée de corbeaux ou de corneilles, elle oublie toujours lesquels ont un bec noir ou un bec gris. Les oiseaux lui font penser à Axel envolé. Les gens mentent, il n'y a pas de consolation possible, on ne peut tirer aucun rideau sur le chagrin. Sa vieillesse a commencé le jour où son ami est mort. De quel crime est-on coupable lorsqu'on n'a rien vu ?

Tiens, les pigeons dégueulasses au ventre de pamplemousse ont disparu. Les chevaux de la garde républicaine avancent au pas sur le boulevard, entre deux files de voitures comme chaque matin et comme si c'était normal, les habitants du quartier ont l'habitude. Le marché ressemble à une comédie musicale colorisée avec ses rouges et oranges saturés, un rêve d'Américain à Paris. Des maraîchères aux ongles bleu pailleté hurlent leurs bonnes occasions, des Auvergnats, foulard rouge autour du cou, proposent de la paella, il y a même un stand de foie gras tenu par des Anglais. Des écharpes, des paniers, des anoraks, des masques africains, elle n'a jamais vu personne en acheter un seul en vingt ans, elle devrait se poster en embuscade pour vérifier, des réveille-matin à l'air idiot dans leur désuétude, des copies de bijoux de marque, des chrysanthèmes malchanceux dont aucune famille endeuillée n'a voulu pour la Toussaint, de la bruyère pour fleurir les balcons, des tulipes entourées de guirlandes de Noël pour faire la blague. Acheter des provisions, compter sa monnaie lui procure le sentiment qu'elle habite encore le monde des vivants. Devant elle, dans la queue, un yorkshire habillé comme s'il partait faire l'ascension du mont Blanc promène une petite dame. Sa gueule minuscule est déformée par un protège-dents de boxeur rouge vif. « Il mord ? » interroge Anna. « On n'est jamais trop prudent », répond la petite dame, et ces mots donnent à Anna l'envie de sautiller, cet élan spontané qui disparaît avec l'enfance. Elle saute d'une jambe sur l'autre, du primeur jusqu'au fromager, comme avec les sandales à brides et à trous-trous qu'elle portait petite fille et dont la semelle en caoutchouc donnait l'impression de rebondir sur le sol, et les passants la regardent bizarrement.

Sa spécialité, c'est plutôt courir, courir avec des cailloux plein ses chaussures, toutes ces choses nulles et en retard l'empêchant de goûter l'instant.

Lire le manuscrit envoyé par la cheffe Cruella, *Se réconcilier avec son intérieur* – « Encore un livre sur les intestins ? » s'est enquise Anna. « Mais non c'est sur la déco. Par exemple, si tu n'aimes pas rentrer chez toi, regarde ton entrée ! Il n'y a pas de fauteuil ? Ne t'étonne pas qu'il ne soit pas accueillant ton appartement ! Tu verras, le chapitre sur le rapport entre les tapis et la nidation est génial, je suis bouillante, meuf ! » –, prendre les billets de train pour les vacances de Noël, trouver comment combler son découvert. Il va falloir de sacrés godillots pour marcher, faire comme si elle n'était que cette heureuse du monde, occupée à farcir un poulet avec ce qui lui tombe sous la main dans un placard. La nourriture a rendu fous les Français. Ils font du pain alors que les rues débordent de boulangeries proposant des miches fabriquées avec de la farine ancienne à quatorze euros le kilo, un de ses copains a même monté sur Facebook un réseau de vente de levain fermenté par ses soins, et des inconnus s'inscrivent sur une liste d'attente pour obtenir un petit cube grouillant. Le travail, la santé et la cuisine, la saine trilogie de l'époque. Elle a prévenu ses amies, « Le jour où vous me surprenez à faire du pain, achevez-moi. » Et puis, cette concurrence déloyale, ce n'est pas chrétien pour tous ces boulangers levés à 4 heures, horaires dont on se soucie moins que ceux des présentateurs de *Télématin*.

Elle achètera des anémones, c'est dans ses cordes, elle a toujours préféré les fleurs d'hiver, un bouquet de Mona Lisa au cœur noir, peut-être déjà du mimosa, des tulipes aussi, jeter une pièce dans l'eau pour que leur tige reste droite, être cette femme sans plainte et sans reproche, ainsi que sa mère le lui intimait enfant. « Va donc jusqu'au bout de la rue, quand tu reviendras, tu auras compris que ce n'est pas grave. » Et Anna marchait jusqu'au lion de la place Denfert, aller-retour, « non ce n'est rien maman ». Mais si elle court jusqu'à la Seine, viendra-t-elle à bout de ce sentiment de se cogner au monde, une mouche contre une vitre ? Dans la queue de la pâtisserie, elle jette un œil sur la liste des meilleures ventes de livres d'Amazon, *Angry Boss, un amour dangereux*, *La Vie, l'amour, les vaches*, *Proposition indécente, romance de milliardaire*. Kindle a remplacé les œufs Kinder, un truc gras avec une merde cachée dedans.

Ce matin de décembre est empreint de la mélancolie d'une journée de la mi-août, même ambiance de fin de partie, c'était fantastique et on ferme les valises, c'est déjà terminé, l'été a filé en accéléré, des jours entre les doigts. La beauté de ces instants immobiles sous le soleil trop chaud pour faire un geste, la Méditerranée lave de tout, et en nageant elle pensait à sa grand-grand-mère de Pont-Croix qui, alors que dix kilomètres seulement séparaient sa maison de l'océan, avait attendu sa majorité pour aller voir la mer pour la première fois. La gaieté surgie du paysage tout à coup contrariée par une histoire stupide de dîner où elle n'avait pas été conviée et elle était blessée alors même qu'elle n'y serait pas allée, le genre d'irritation incompréhensible pour son mari, ce sain d'esprit. Peter est mathématicien, un plus un égale deux, pas d'autre conclusion possible. « Mon nombre premier et mystérieux, lui susurre-t-il dans le cou, pourquoi te plains-tu de ne pas être invitée par des gens que tu n'aimes pas ? Tu es la réincarnation de ma grand-mère qui a passé quatre-vingt-neuf ans à imaginer qu'elle s'était trompée de pelisse, de sofa, d'endroit, de vie. *Be quiet, darling.* » Anna s'était construite ainsi, mendiant l'approbation générale incarnée dans une invitation, perdant des heures ensuite à inventer des prétextes pour se défiler. Et elle remerciait tous les dieux grecs de lui avoir donné les bras de Peter pour armure. Ses filles avaient refusé de jouer au Uno, « Maman, c'est un jeu pour les bébés », avec le ton qu'on prend pour parler à une attardée. « Mais c'est la tradition ! Même pas un petit Codenames ? » Mais non, c'était l'été du Loup-Garou entre adolescents qu'elles observaient en douce sur la plage, et les corps nouveaux de ses filles soudain presque mis à nu dans un bikini faisaient battre son cœur d'un nouvel amour. Elle s'était dit qu'il n'existait rien de plus beau que cette seconde où l'on plonge dans la piscine, où le monde est divisé par la rayure de la surface de l'eau, bleu et bleu. Peut-être devrait-elle se mettre à la méditation plutôt qu'en railler les adeptes, apprendre à épingler le présent comme un papillon, elle sans cesse tiraillée entre son goût pour la légèreté, ne pas être pesante pour ceux qu'elle aime, et la corde de la mélancolie.

Neuf heures et demie, et déjà son manteau est trop chaud, même les saisons ont fichu le camp, elle flotte et elle se dit que c'est la faute de sa mère qui lui a donné de trop beaux principes. Pas de panoplie de marchande ni de dînette en plastique – les femmes ne font pas la vaisselle –, pas de poupées Barbie – les femmes ne sont pas des objets –, interdit de regarder la télévision – la vie, c'est pas de la camelote –, ma minouchette. Voilà comment on se retrouve à penser que la vie est dégueulasse, grande fille nourrie aux poissons panés – les femmes ne sont pas non plus des cuisinières – et aux films de Jacques Demy projetés au Kinopanorama ou au Saint-Lambert. Elles ont vu, quoi, vingt fois *Peau d'âne* et dix *Les Demoiselles de Rochefort*. Nine était tout à fait du genre Danielle Darrieux à quitter Michel Piccoli pour ne pas s'appeler madame Dame parce que c'était grotesque, et Anna, tout à fait du genre Solange à se mettre à danser avec Gene Kelly dans un magasin de pianos sans s'inquiéter du fait qu'il était plus vieux que sa mère. Les répliques du film qu'elles connaissaient par cœur étaient devenues des gimmicks, « Je vais me faire une perm à Nantes », disait Nine à Anna lorsqu'elle partait chez le coiffeur. Plus sa mère lui répétait « Les bonshommes, faut pas trop compter dessus », plus la fille espérait grand et rêvait d'hommes des grands soirs. Et puis, non, l'amour ressemble à un jouet en plastique. La vie, c'est de la camelote, maman.

À l'entrée du marché, un Père Noël distribue des prospectus et transpire sous une épaisse pèlerine synthétique, sa vraie barbe est constellée de gouttelettes de sueur, il fait trop chaud pour croire au Père Noël. Le soleil tape, le hipster tombe la pèlerine, dévoilant un tee-shirt imprimé de *La Guerre des étoiles*. « Essayer la programmation neurolinguistique, changer son conditionnement préétablit [*sic*] pour se développer positivement », lit-elle sur le formulaire qu'elle a accepté en lui souhaitant « joyeux Noël ».

Gling. Plus jamais ça : l'émotion des parents de l'adolescente électrocutée dans son bain par son téléphone portable.

Elle a l'impression de boire la tasse dans une baignoire de choses bizarres. Deux hommes se disputent violemment devant le hayon grand ouvert d'une Twingo vert pâle, rescapée de cette préhistoire où les constructeurs automobiles imaginaient des voitures aux couleurs de Smarties, afin d'enchanter la ville. Le coffre est rempli de dizaines de boîtes de Ricoré, un trafic de Ricoré dans le quartier, l'idée lui plaît. Après avoir posé par terre son tas de prospectus, froissés dans l'instant par les passants indélicats, le Père Noël jongle avec des oranges sanguines. Il y a de la joie dans l'air.

Prendre le temps d'un café dans un café, elle n'en a pas l'habitude, elle qui dès le petit déjeuner laisse refroidir sa tasse, « Maman j'ai plus de tickets de métro, maman t'as pas signé mon carnet de liaison, maman t'as pas lavé mon survêtement, maman je suis horrible, j'ai un bouton, t'as pas du correcteur, mais tout le monde a du correcteur ! », litanie du petit matin, air égaré du mari annonçant triomphalement qu'il a du Tipp-Ex, « Ah non, ce n'est pas du correcteur ? », ranger, laver cuisine et salle de bains par pudeur et par égard pour la femme de ménage, éthique personnelle d'Anna suscitant chaque fois une dispute conjugale – « Mais c'est son travail ! » –, attraper un sac déformé par les manuscrits, changement à Réaumur-Sébastopol, déjà en retard. Courir, c'est la profession des femmes quel que soit leur métier. Mais elles sont trop exténuées pour se rebeller contre l'ordinaire de leur existence. Si elles faisaient la grève du tutu de danse à aller chercher à l'autre bout de Paris et à laver à la main « sinon il sera foutu », prédit la vendeuse avec la gravité d'un général en guerre, la grève des courses au supermarché, de la réunion de parents, et du gratin dauphinois maison, si elles travaillaient juste comme des hommes, en buvant un coup avec les collègues le soir avant de rentrer à la maison, cette vacherie de charge mentale et ménagère et maternelle et conjugale fondrait comme banquise au soleil. Mais la France entière fait la grève, sauf les mères. Faute de syndicat ? Parce que le dimanche, elles doivent encore faire tourner des machines ? Sa fille aînée placarde des images de vagin dans les couloirs du métro et réclame la reconnaissance des femmes dans l'espace public, « tant que le mobilier urbain sera conçu par des hommes, on n'aura pas notre place ». À trente-trois ans et quelques poussières, elle idolâtre les vieilles vraiment très vieilles, ave Gloria Steinem, mais la lassitude des quinquagénaires ne la concerne pas. Intersectionnelle mais pas intergénérationnelle. « T'as qu'à moins travailler ! » Sa mère, la vraie, pas la zinzin d'aujourd'hui, la militante pour le droit à l'avortement, la contraception gratuite et l'égalité des salaires, lorsque Anna laissait transparaître quelque découragement, lui assenait avec son sens unique de la métaphore : « Mais tu es le mur des Lamentations, ma fille ! De quoi tu te plains, chérie, tu as un métier que tu adores, des enfants que tu as voulus, un homme que tu as épousé (tu as de ces idées !), la liberté financière de rester ou de le quitter, on s'est battues pour ça, ne l'oublie pas. » Fille et mère se rejoignaient pour balayer ce problème de bourgeoise blanche et bien nourrie : « Maman, tu es tellement privilégiée », « Ma fille, pense aux caissières ! »

Allegra est le clone de Nine, même colère, même détermination, même courage.

Parfois Anna envie presque Louison dont les enfants vivent en garde alternée, une semaine sur deux, bénéfice secondaire de l'hôtesse de l'air, Louison a des journées faites d'autre chose que le quotidien matériel. À la radio, dans une des émissions qu'Anna affectionne, une psychologue vantait les « ressources » pour lutter contre la fatigue ordinaire. Mais oui, le jeune garçon au regard de faon de *La Main de Dieu*, le film de Paolo Sorrentino, hurlant qu'on le laisse voir ses parents morts, l'a réconciliée avec l'humanité samedi soir, tandis que, deux heures plus tard, la vision de *Parasite*, ce triomphe coréen rattrapé en VOD, enfin, l'a laissée perplexe, bizarre ce consensus universel devant une famille en zigouillant une autre dans une maison digne de figurer dans *Elle Déco*... Se nourrir d'images et de bo bun avec ses copines en défaisant le monde, se demandant seulement si c'est raisonnable de porter des sabots suédois avec des grosses chaussettes, ces ressources font la vie plus légère.

Gling. Vénus s'épilait-elle la chatte ?

Tiens, c'est drôle, ça lui plairait sûrement, à la nouvelle directrice luisante. Se renseigner, qui est cette influenceuse, combien de K, prendre rendez-vous.

Son fantasme serait de vivre dans *Mad Men*, non pour se glisser dans l'existence d'une mère de famille neurasthénique qui regarde brûler, l'air absent, sa dinde de Thanksgiving dans les années cinquante, non, elle rêve du quotidien du héros, le publicitaire qui ressemble à François Fillon, travailler toute la journée et s'enquérir le soir d'une voix caverneuse et sans écouter la réponse « Les enfants ont été sages ? Qu'est-ce qu'il y a pour le dîner, ma chérie ? », en se servant d'une main un whisky dans un verre à pointes diamant pesant un âne mort, et en ouvrant de l'autre un quotidien immense en papier. Le sentiment que son âme est morte alors que son cerveau fonctionne à plein volume. Elle ne sait plus que lire, s'enthousiasmer, corriger, relire, défendre, rassurer, se réfugier dans les mots de ses auteurs. Même à 23 heures elle répond avec gentillesse au message de cette écrivaine déçue par ses ventes, 973 exemplaires en trois mois, ce n'est guère brillant : « Il est quand même magnifique mon livre, je ne comprends pas. » Trouver la bonne formule. La prétendue bienveillance a remplacé la politesse dans les relations humaines, l'obligation de parler à la collègue perfide comme si elle était de sa famille alors que la politesse permettait de traiter avec respect ceux qu'on déteste. L'usage intensif de l'empathie l'épuise. Et lorsqu'elle découvre que le groupe WhatsApp de sa fille de treize ans et de ses copines s'appelle « Les putes », elle a dépensé tout son stock de bienveillance, et à Joy lui lançant un « De toute façon tu peux pas comprendre, tout le monde parle comme ça aujourd'hui », elle hurle : « Tu sais ce que c'est qu'une pute, c'est une dame qui suce le zizi des messieurs contre de l'argent. » Stupeur, la future avocate pénaliste a une seconde la chique coupée de dégoût, retrouve sa voix : « Je te déteste. » Avec une diplomatie digne des plus grands négociateurs de l'ONU, elle a émis l'hypothèse que couper cent pages dans un manuscrit de huit cents sur l'agonie d'un dauphin en Bretagne, épris d'une pêcheuse en vareuse certes, serait peut-être une bonne idée pour le lecteur. Elle a jeté toutes ses forces dans une réunion de représentants, chargés de parler des parutions futures aux libraires de toute la France, essayant de leur transmettre son enthousiasme pour un roman sur le destin d'une famille juive pendant l'Inquisition, au bas Moyen Âge, précisait-elle avec une passion qu'elle souhaitait gourmande, et elle hurle des horreurs à sa fille. Elle n'a plus d'énergie pour la gaieté. « Avec toi, c'est toujours la mauvaise ambiance », lui reproche Félicité. Parfois, elle se dit qu'elle devrait démissionner de sa famille comme on quitte un emploi dont on ne peut plus. Il y a des commerciales nulles, elle est devenue une mère nulle.

Entrer au café Baudelaire au son des infos du matin, « les nouvelles sont mauvaises, tout va bien ». Ne pas tomber nez à nez sur un écran géant avec un présentateur à la peau polie comme de l'argenterie et une présentatrice aux cheveux crantés – toutes les filles ont la même coiffure à la télévision –, c'est déjà ça. Au Baudelaire, on écoute encore la radio. Hier, Anna a demandé à Joy d'aller chercher le « transistor » dans la salle de bains, la petite n'a pas compris : « Tu veux quoi ? » Y aura-t-il encore des transistors à Noël ? « En raison d'un mouvement de grève, nous ne sommes pas en mesure de diffuser l'intégralité de nos programmes. » Une journée française. Mieux vaut les chanteurs à texte de France Inter que l'ego brushingué des stars des chaînes d'infos, dont toutes les phrases commencent par « Vous ne pensez pas qu'il aurait fallu ».

Mais non, le patron du Baudelaire ne doit pas aimer les chanteurs de gauche, il commande à son employé :

– Jean-Claude, allume la télé !

L'impression qu'on ouvre un robinet d'eau tiédasse. Un jeune journaliste a l'air suffisant d'en savoir plus sur les énergies vertes que Yannick Jadot qu'il interviewe, de vieux éditorialistes, visages de fruits confits, professent leurs opinions comme si c'étaient des faits, sa mère écoutait déjà en éructant, il y a une éternité, ces bonshommes cravatés à *L'Heure de vérité*, tous ergotent, polémiquent sur tout, des phrases définitives de crétins définitifs et ça fait la blague et de l'audience.

« Et pour finir, des images de Kate et William, un fou rire des futurs souverains d'Angleterre. » Ils sont bien droits et bien élevés dans ce qui pourrait être une maison de retraite, au milieu de vieux compassés et sérieux. Et tout à coup, la princesse se penche vers son mari pour lui murmurer quelques mots à l'oreille, elle éclate de rire. Et Anna se demande ce qu'elle a bien pu lui dire. « Je n'en peux plus de ce pire job du monde, j'ai l'impression d'avoir mille ans… » Ou : « Ce soir, mon prince, je te fais une petite pipe… »

La même info tourne en boucle, l'usine brûle toujours, est-ce grave, personne ne le sait encore, une envoyée spéciale à peine sortie de l'école, blanche de froid et au rimmel dégoulinant, lit son papier avec cérémonie, elle dit qu'on voit des flammes, qu'on voyait sans elle, elle interroge des gens qui disent aussi qu'on voit des flammes, un passant plus rigolo que les autres remarque avec le sourire réjoui de celui qui passe à la télé, ces deux minutes feront sa journée : « Ça sent le roussi ! » Sur le plateau, l'incendie est étiré comme de la guimauve par des journalistes précisant qu'on ne peut pas savoir si l'incendie est dangereux, mais peut-être quand même, puis ils commentent ce qui s'est dit sur d'autres chaînes. Anna a envie de se taire. Elle n'a plus d'avis, seulement l'impression qu'une époque donne un coup de pied à l'autre, #meetoo #greta #corona, sans qu'elle ait eu le temps d'y trouver ses marques. Toujours ce sentiment de flotter.

Où est passée la vie d'avant ? La vie normale ? Elle ne peut plus écouter les actualités d'un pays où les bébés naissent sans bras et où il se trouve toujours un spécialiste pour assener sans rire : « Pour l'heure rien ne permet d'établir un lien de conséquence entre les pesticides utilisés dans la région et ces naissances malheureuses. » Ben quoi alors, la faute à pas de chance ? Les lendemains ne lui ont jamais tellement donné envie de chantonner, mais aujourd'hui ils ne lui donnent même plus l'envie d'écouter les infos. Elle commande un café allongé, d'obscurs députés se disputent désormais sur le plateau télé, avant d'aller déguster ensemble une assiette d'œufs mimosa au bistro de l'Assemblée nationale, il est où le chariot des desserts ?

Elle aime bien ce bistro, tiens ce mot aussi échapperait à sa fille. En attendant son café allongé, elle se promène sur Instagram, observe la vie des gens, c'est plus fort qu'elle, cette façon qu'ont les filles de se mettre en scène la fascine et l'agace. Elle tombe sur la photo d'une actrice célèbre, traits rebondis de Botox, c'est son choix, ou peut-être un ordre de son prochain metteur en scène, suscitant des commentaires en rafale, elle est insultée plus cruellement que si elle avait arraché le sac d'une vieille dame dans la rue : « Tu pètes quand tu souris... » Anna est glacée, pense à ces chiffres notés dans son agenda après un article du *Monde* sur le « tunnel de la femme de 50 ans » : au cinéma, dans la catégorie des personnages âgés de 50 à 64 ans, seuls 1,2 % d'entre eux sont des femmes alors qu'elles représentent 21,6 % de la population française. Si on considère qu'Isabelle Huppert joue 50 % de ce 1,2 %, il ne reste pas tellement de rôles pour les autres... Un bon sujet de livre, contacter l'actrice outragée.

Faire son âge, le péché mortel d'une époque offrant en lots de consolation aux vieilles peaux des modèles de cinquantenaires aux gueules de trentenaires. Mais ne surtout pas céder à la chirurgie esthétique, vulgaire. Ces deux ordres contre nature et contradictoires résument la nouvelle condition féminine, ne faire ni son âge, ni de la chirurgie esthétique, et alors quoi ? Fuir les miroirs, se laver les mains dix fois par jour pour échapper au virus en fermant les yeux ?

Abdiquer ? S'inscrire sur la liste d'attente des Mimosas ou des Bégonias ?

Ordonne-t-on aux hommes d'arrêter de perdre leurs cheveux ? Interdit d'être chauve ! « Notre corps nous appartient », se battait sa mère, notre gueule aussi, avec ou sans rides. Avec raison, sa fille aînée milite pour le droit de garder ses cuissots et ses kilos, juge que les restrictions appartiennent à l'ancien régime, mais l'âge n'est pas encore à l'ordre de ses jours. Les stars des séries télévisées, *Friends* et *Sex and the City*, ont fait leur come-back, dix ans après, et Anna a été émue par la manière dont elle pouvait lire sur leur visage les efforts pour conserver leur beauté, certaines avaient accepté le naturel, d'autres opté pour des frappes chirurgicales contre le temps qui froisse, et ces figures plus ou moins rafistolées lui offraient un affectueux reflet d'elle-même. Mais toutes avaient été clouées au pilori des réseaux sociaux, « elles ont pris cher ! » et pire encore, par des femmes, souvent. À tel point que l'interprète mythique de Carrie Bradshaw, attaquée de toutes parts sur son physique, avait fini par poser la seule question sensée : « Mais vous voulez quoi, que j'arrête de vieillir ? »

La féministe américaine Gloria Steinem affirme que l'âge débarrasse des contraintes imposées au genre féminin, Anna en doute fort malheureusement. Aux canons traditionnels de minceur et de nez parfait ou refait mais toujours minuscule, le nez, il lui semble au contraire que s'en ajoutent de nouveaux avec les années, la peau doit être tendue comme celle d'un tambourin et le ventre plat comme si on n'avait jamais accouché. Peut-être qu'elle n'est pas assez sage pour s'en moquer, qu'elle devrait laisser tomber ce combat contre le temps assassin. Pour qui le mène-t-elle au fond, pour qui cette gueule ? s'interroge-t-elle comme elle demandait à ses filles « Pour qui cette cuillère ? » afin de les distraire de leur assiette de haricots verts. Justement, pour papa, pour ses enfants, pour ses collègues, pour la cheffe, pour cette société qui a peur des vieilles. Pour elle un peu aussi, elle n'a pas un ego assez costaud pour perdre la face. Alors, mamie fait de la résistance.

Un matin, devant sa glace, à la place de son visage, hop, elle a découvert celui de Nine. Il faut beaucoup aimer sa mère pour accepter de se réveiller avec sa tête. Lorsque Anna rêve, elle se demande si elle se voit jeune, quel âge a-t-elle dans ses songes ? À tout perdre, puisque c'est de cela qu'il s'agit, apprendre à perdre, elle préfère encore ressembler à Nine que prendre le risque de se retrouver avec un regard asymétrique de créature de Picasso, un œil se fait la belle, tiens le voilà au milieu du front, est-ce les patientes ou les médecins qui sont si mal inspirés ? Elle se fera opérer quand la chirurgie esthétique sera devenue une science exacte. En septembre, elle a emmené Joy à l'Aquaboulevard pour son anniversaire, « rien que toi et moi, c'est mon cadeau », et après trois Aquaturbo et deux Aquasplash sur lesquels Anna glissait en se retenant de hurler de peur, au milieu d'adolescentes version Kardashian, mini-maillots brésiliens desquels leurs fesses dégoulinaient, postérieurs plus nus que nus, et bras croisés serrés sur leurs seins, les nouvelles règles de la pudeur, elle a lancé à sa fille, « Je crois que je suis la plus vieille de toute la piscine. » La petite a lancé un coup d'œil sur la marée humaine à peaux acnéiques, a eu une réponse paradoxale, « Ce n'est pas faux mais ça ne se voit pas. Et puis, t'es la plus mince », minuscule victoire.

Gling. Cœur, cœur, cœur, sa mère.

Ma chérie, j'ai peur que mes yeux tombent.

La conscience d'un désastre progressant au ralenti.

– *Tu veux dire, tes dents, maman jolie.*

– *Non, je sais encore ce que je dis, mes yeux !*

– *Aucune chance, maman, même dans* Le Parisien *je n'ai jamais lu un truc pareil, tes yeux sont bien accrochés dans leurs orbites.*

– Je n'ai pas voulu prendre mon petit déjeuner, Jeannette n'était pas contente, elle dit qu'il faut prendre des forces, mais j'ai peur de manger mes yeux.

Le désastre arrive plus vite que prévu.

– Ce n'est pas grave, tout à l'heure, je vais t'apporter des compotes, celles que tu aimes, à la rhubarbe. Arrête de t'inquiéter pour tes yeux ma petite maman.

– Mais si, ça arrive, toi-même tu as publié un livre où des gens mangeaient des yeux, tu ne l'as pas oublié quand même !

Damned, c'est vrai, Jonathan Coe, *Testament à l'anglaise*, elle aurait adoré l'éditer, Nine et Anna l'avaient dévoré un été, des yeux étaient cachés parmi des grains de raisin que toute une ignoble famille dévorait sans savoir.

Elle est là, plantée dans un café à s'empêcher de ressentir de la pitié pour cette femme qui n'en a jamais voulu, incapable de l'extirper de ce tissu d'angoisses, guettant un chapon moelleux et parfumé à offrir à Allegra. Qu'est-ce que sa fille aînée veut donc lui dire ?

Un oiseau vient chanter pour elle. Et la culpabilité de n'avoir pas su empêcher la mort d'Axel se mêle à celle d'avoir donné la vie à Allegra dans des circonstances de fait divers. Le matin est gorgé d'eau noire de tous ces chagrins qu'elle n'a pas su purger. Si même Peter se met à la blesser, elle est fichue, foutue, mourue.

Le Baudelaire n'est pas envahi de miroirs ovales, ne ressemble pas à une boutique Casa Armani, les lounges ont envahi Paris, mais ici les murs sont marron, un bon vieux marron, ni taupe, ni Toffee 18-1031 du nuancier Pantone. Les serveurs sont vêtus de chemises blanches avec des nœuds papillons sous des tabliers raides et portent des prénoms fatigués, pas encore revenus au goût moderne de l'ancien. Elle attrape un Jean-Claude à la volée. Il n'a pas le physique d'un candidat à *The Voice* ni un tee-shirt anthracite comme ceux des cafés à la mode à quelques boulevards de là et il est d'une gentillesse de compétition. Ses joues débordent de chaque côté de son masque, et ça lui donne une drôle de petite tête d'animal. Le quartier est une Belle au bois dormant, ni chic ni populaire, un drôle de périmètre intermédiaire où l'on peut encore entrer dans une droguerie demander un économe non dessiné par Starck et dans des librairies bizarres proposant des ouvrages de sciences occultes comme dans les romans de Modiano. Certes, des marchands de vin à la devanture noir et doré ont des airs de joaillerie de luxe, mais lorsqu'un matin elle a eu la bêtise de demander à Jean-Claude un jus de gingembre, il était bien embêté, et lui a proposé ce qu'il pensait le plus approchant sans doute : une verveine ? Elle commande un café allongé, servi dans une vraie tasse à bord épais, pas un verre de plexiglas, les mêmes qu'à la cantine du primaire, qu'on retournait pour voir le chiffre sur le cul du récipient en interrogeant son voisin : « Et toi, t'as quel âge ? » C'est fou comme l'enfance est toujours à portée de vue. C'est le seul truc éternel de la vie, l'enfance, la seule proposition à long terme. On ne cesse de la scruter avec un kaléidoscope dont son ami Axel faisait collection, ensemble ils ont passé des heures à détourner les contours de l'existence avec David Bowie à plein volume, et ça serait vraiment une ressource nécessaire que de fumer un pétard devant un kaléidoscope en écoutant « Modern Love » ; parfois l'enfance a la forme d'une étoile et parfois d'un truc mollasson semblable au riz au lait qu'elle détestait petite fille parce qu'elle avait l'impression que quelqu'un l'avait déjà mâché puis recraché. Comme aux Acacias où l'on ne sert que de la bouffe molle, Nine s'en est plainte. La vieillesse a la consistance d'un hachis Parmentier.

Elle s'est assise dans un coin, trop près de la porte et des courants d'air. Elle ne sait jamais trouver la bonne place. Où est sa place ? Dans les salles d'attente, elle redoute que le médecin l'oublie. « Tes parents t'ont perdue au supermarché quand tu étais petite ou quoi ? » s'étonnait de son manque d'assurance l'un de ses anciens fiancés. Oui, une fois, Nine l'avait oubliée à Inno Montparnasse. Au vigile qui répétait « Mais comment on peut faire une chose pareille, oublier son enfant ! », Anna assurait que sa mère était très occupée à défendre les femmes, qu'elle n'était pas du tout la mauvaise mère qu'il accusait de son mépris. Nine redoutait pour Anna les chauffards et les microbes, alors un petit séjour dans le bureau d'un vigile, « si on doit se méfier des gens de la sécurité », sa fille n'allait pas en faire une maladie. D'autant qu'il était très gentil et qu'Anna était très intéressée par les hommes, elle n'en connaissait presque aucun, excepté son pédiatre dont elle tirait, fascinée, les poils sur les doigts des mains lorsqu'il l'auscultait, elle n'avait jamais vu une chose pareille ; et son père évidemment mais qu'elle voyait presque autant que le pédiatre, non qu'elle soit souvent malade mais parce qu'il était du genre absent.

Chaque vendredi, le même scénario, elle préparait son sac vers 18 h 30 pour passer le week-end avec son père, quand le téléphone sonnait. Nine répondait dans sa chambre et Anna filait décrocher le combiné marron glacé de la cuisine, le plus doucement possible, pour que sa mère ne distingue pas le minuscule cling. Peine perdue, Nine criait « Raccroche, Mata Hari ! » mais Anna avait eu le temps d'entendre : « J'ai trop de boulot, je ne peux pas prendre la petite ce week-end. » Anna pensait qu'elle n'était pas un paquet, Nine hurlait dans le téléphone : « Tu me fais toujours le même coup ! » et l'enfant concluait que c'était plutôt à elle qu'il faisait un mauvais coup. « Il n'a qu'une fille quand même, cet imbécile », concluait Nine en guise de consolation.

Depuis combien de temps ses parents se détestaient-ils ?

Son père était mutique, sa mère amnésique et elle ce paquet né de parents presque inconnus qu'ils se refilaient telle une patate chaude pour travailler tranquillement. Lors des dîners que Nine adorait organiser, Anna essayait d'enquêter sur ses origines, petite personne perdue parmi les grandes personnes, les préadolescents n'existaient pas et les enfants n'avaient pas le droit de parler à table et devaient finir leur assiette « parce que les Africains meurent de faim », à croire que les gamins du monde entier étaient reliés par d'invisibles vases communicants. Les adultes abandonnaient pourtant leur fous-y-tout sans le terminer. Lorsque les bouteilles étaient vides, le chœur antique des amis de Nine opinait du bonnet aux souvenirs du bon vieux temps, autorisant Anna à risquer quelques questions.

« En gros », comme dirait Joy en préambule à chaque phrase compliquée, lorsque ses parents s'étaient rencontrés, sa mère entamait ses études de droit, son père avait réussi sa première année de médecine. Nine flamboyait, Patrick se consumait pour elle. Comme il n'était pas le seul et l'époque pas farouche, il avait abandonné ses rêves de pédiatrie pour s'inscrire à la faculté de droit de son amoureuse. Lorsque Anna abordait cette mythologie familiale, Nine haussait les épaules : « Il me surveillait », son père, les sourcils : « J'ai adoré ta mère plus que personne au monde. » En mai 1968, ils lançaient des pavés, enfin pas trop de pavés pour Nine, elle était enceinte. Sur une photo en noir et blanc, posée dans la bibliothèque, elle donne la main à d'autres femmes en une ligne bien rangée. La révolution terminée, ses parents se mariaient « comme dans l'ancien régime, une folie », les épaules de Nine remontaient avec ce souvenir. Sur une autre photo égarée dans un tiroir d'objets cassés mais qui peuvent toujours servir, Nine portait une robe sac beige et un gros ventre, et Anna avait honte pour elle, pas du ventre, de la robe qui ressemblait à une chemise de nuit, mais sa mère balayait le sujet de sa main couverte de bagues ethniques : « T'as vu ton père ? » Patrick était habillé d'un sous-pull noir et d'un blouson en cuir un peu trop petit, on aurait dit Tony Curtis dans *Amicalement vôtre*, Anna le trouvait d'une élégance folle, les absents ont toujours raison lorsqu'ils sont vos parents.

Nine était plus prolixe sur son accouchement que sur son amour vite défunt. À sa fille à qui ce récit donnait envie de se boucher les oreilles, mais bon c'est toujours ça de pris sur sa propre histoire, elle aimait raconter que le travail avait duré des heures, « Tu t'es fait désirer, tu n'arrivais pas, c'est peut-être pour ça que tu es toujours en retard ! » À la clinique des Métallos de la rue des Bluets où l'on pratiquait en précurseurs l'accouchement sans douleur – « Tu parles ! » – des gens entraient et sortaient dans la salle de travail, Patrick s'était évanoui dans le couloir, Mamita était arrivée, Nine s'était fâchée contre elle parce qu'elle n'avait rien à faire ici, sa meilleure amie l'encourageait, Nine jurait qu'elle se souvenait même d'un médecin débarquant dans la salle de travail une cigarette à la main. Sur une autre photo du tiroir des choses qui ne servent au fond à rien, dans une chambre sinistre, allongée sur un lit ceint de barres en métal, à côté d'une dame inconnue allongée sur un lit exactement semblable, Nine lisait *Le Nouvel Observateur*, son bébé sur le ventre. Déjà, les parents se disputaient sur le choix du prénom, Nine gagnait, Anna perdait puisque ses parents se séparaient alors qu'elle n'avait pas encore fêté son premier anniversaire, « une affaire de grandes personnes ». Un jour, Nine lui avait seulement jeté, un os à un chien affamé : « Mai 68, on ne le dit pas, mais c'est la défaite des femmes ma chérinette. Les militants maoïstes et trotskistes s'en fichaient bien des femmes mourant chez les faiseuses d'anges, ce n'était pas leur problème. À la Sorbonne, on a parlé de tout, contraception, orgasme, oppression, mais on n'a rien obtenu. Ton père et ses copains, ils nous ont volé notre révolution. » Anna a longtemps détesté Mai 68, cette défaite des femmes était donc aussi la sienne. Elle a grandi rue de la Glacière auprès de sa mère, au son des conversations du groupe Psychanalyse et politique, tandis qu'enfermée dans sa chambre elle développait une passion secrète pour les Claudettes.

Lorsque Anna a eu sept ans, Nine l'a emmenée chez une psychologue. La dame penchait la tête pour lui parler, lui avait d'abord demandé de dessiner sa famille, une, deux, trois personnes, cela n'a guère pris de temps, tête encore plus penchée, sourire victorieux de l'autre côté du bureau : « C'est toi, la minuscule petite fille là ? » Ben oui, qui cela pouvait-il être d'autre ? Par mimétisme, Anna penchait la tête devant les drôles de taches d'encre sur une feuille de papier, « Qu'est-ce que tu vois ? », cherchant toujours à faire plaisir, à sa mère, au monde entier, à la dame donc, l'enfant avait hasardé « Une chauve-souris ? », le menton de la psychologue avait trembloté, Anna s'était dit qu'elle faisait fausse route, cette femme penchée voulait la piéger avec ses taches bizarres, alors elle avait dit n'importe quoi, bonhomme de neige, glace en cornet, Babar, la psychologue prenait des notes, passionnée, son menton ne tremblait plus. Puis, elle avait posé son stylo à plume, repenché la tête, quasiment jusqu'à se dévisser le cou : « Il faut que je te dise quelque chose de très important. Tu n'es pas responsable du divorce de tes parents. »

Elle était folle, cette dame, l'idée ne lui avait jamais effleuré l'esprit, Anna ne voyait pas ce qu'elle aurait pu faire, bébé, même plutôt moche, de si abominable susceptible de provoquer la séparation de ses parents. « Pas du tout, c'était la faute de Mai 68. » La psychologue avait éclaté d'un rire plein de dents mal plantées, c'était bien la peine qu'Anna se soit donné tant de mal avec ses taches idiotes, avait continué de parler toute seule, Anna avait fait semblant d'écouter, la folle avait conclu qu'elle pouvait revenir quand elle voulait, sa porte lui était ouverte, alors qu'elle était restée fermée pendant la séance, plutôt crever.

Dans la cour de l'immeuble, des sanglots inconnus lui étaient venus, la petite fille n'était plus qu'une flaque. Féroce. Hurlant à Nine : « Tu me casses les pieds avec ta psychopathe. Tu es chiante ! », et c'était la première fois qu'elle osait s'adresser ainsi à sa mère. Depuis, elle se méfiait des gens qui penchent la tête pour lui parler, ils vous voulaient du mal, c'était fait, le poison lent de la culpabilité s'était infiltré dans ses pensées. Anna s'entraînait à se dissoudre parmi les volontés de ses parents, se réfugiait en douce dans un monde découpé du *Télé 7 Jours*, que Mamita lui envoyait par la poste après avoir disserté sans fin avec ses copines des inédits de Franklin Didi, où les femmes portaient des robes magnifiques et brillantes qui ne ressemblaient pas à des chemises de nuit et où elles ne divorçaient pas.

Son pedigree lui conférait une place particulière à l'école, quelques mains d'enseignants sur son épaule, des regards interrogatifs parfois, enfant de divorcés était une espèce en voie de développement. « Le téléphone pleure », de Claude François, lettres de noblesse d'Anna, avait démocratisé son cas personnel en même temps que cela le dramatisait. Les professions de ses parents compliquaient encore la déclinaison de son identité. Sa mère était « magistrate comme Simone Veil », affirmait Anna à ses amies avec un air d'autorité, omettant cette subtilité énigmatique, « Simone Veil dont je partage les combats mais pas les idées », qui aurait flanqué par terre la supériorité d'avoir une mère « comme Simone Veil », alors ministre de la Santé. Patrick dirigeait les ressources humaines d'une imprimerie, et sur la fiche qu'elle devait remplir au début de l'année, dans la case « profession du père », elle inscrivait : « Dirige les relations humaines », tout en jugeant qu'il était plutôt nul en relations humaines cet homme dont les mots l'écorchaient souvent.

L'affaire de la profession la tourmenta longtemps, d'autant que des années plus tard sa mère lui déclara, levant le nez de son journal : « Souviens-toi de ce qu'elle dit aux femmes, Françoise Giroud » (la secrétaire d'État à la Condition féminine dont Nine partageait les idées mais moins les combats, « enfin, elle fait ce qu'elle peut la pauvre avec Giscard », le président dont sa mère ne prononçait, par dédain, jamais le nom en entier) : « Travaillez, gagnez votre indépendance financière, ayez une profession qui porte un nom. » Détective, comme Alice, son héroïne de la Bibliothèque verte, est-ce que ça passe ? Jeunes filles en blanc, est-ce que ça passe ? Anna découvrirait bientôt que « médecin », ça passe, « infirmière », ça ne passe pas : « Parce qu'il faut avoir de l'ambition, minouchette, toujours plus d'ambition. Les infirmières sont les esclaves des médecins, c'est navrant pour elles, ces saintes femmes, mais c'est comme ça. »

Tiens, voilà le bon mot, un adjectif suranné affectionné par sa mère et que sa benjamine croirait d'une langue étrangère, Anna est navrée. Navrée par ce qu'elle vit, par ces larmes de bas étage, ce chagrin banal lui tombant dessus alors qu'elle s'imaginait à l'abri. Elle voudrait le chasser comme les mouches pendant la sieste en vacances. Les mouches sont-elles aussi une espèce en voie de disparition ? A-t-on encore le droit de les tuer ?

« J'aime bien quand le soleil se lève de ce côté-là. »

Au Baudelaire, à quelques tables d'Anna, une femme prononce cette phrase suffisamment fort pour que ses voisins l'entendent, avec une satisfaction guillerette, remuant un sachet jaune de Lipton Yellow dans sa tasse marron. Comme dans les taxis, lorsque le chauffeur affirme dans les embouteillages qu'« Hidalgo, il faudrait la torturer jusqu'à ce que mort s'ensuive », Anna est lâche, pas le courage de contredire. Les cheveux de la dame forment une boule de gui autour de son visage, une sphère posée sur une autre plus volumineuse, son buste vêtu d'une doudoune verte sans manches, pas les extra-plates fabriquées par les Japonais aujourd'hui, une doudoune dodue tout droit sortie de *Retour vers le futur*. Elle tourne vers Anna des traits fins à la beauté avachie et demande si elle peut venir s'asseoir, partager la table à défaut du comptoir condamné par un long ruban d'adhésif dans ce drôle de monde où le virus s'attrape debout mais pas assis. Son parfum ancien, très capiteux, rappelle à Anna l'odeur de la boutique Reminiscence où elle traînait adolescente. La dame est vieille comme les femmes ne s'autorisent plus à l'être, ou seulement quand elles sont très âgées et qu'elles ont rendu les armes, absorbées par leur santé qui fout le camp, les enveloppes de factures non ouvertes sur la commode de l'entrée, la solitude. Des rides dégoulinent en de petites rivières verticales de ses yeux vers ses joues, un visage non trafiqué, un air de Gena Rowlands avec un soupçon de moustache. Cette beauté à l'abandon émeut Anna et fond sur elle, un trop-plein d'humanité, comme le plan final d'un film turc qui fait piquer les yeux de gratitude, on n'a pas enduré deux heures de souffrance pour rien.

Et tout à coup, la fatigue de la nuit prend ses aises, prend toute la place, ça ne va pas être simple de faire des efforts. Elle voudrait que sa tristesse la laisse un peu tranquille, ne fasse pas trop son intéressante aujourd'hui car elle a d'autres chats à fouetter.

Alors, elle pousse le bouchon assez loin quand même : « Oui, c'est vrai, c'est très joli de ce côté-là. Ça change ! »

La dame a envie de parler, tend un avant-bras strié de bracelets brésiliens : « Bérangère, et vous ? » Anna répond « Babou » sans savoir pourquoi, et Babou, ça lui plaît à Bérangère et son sourire contagieux. La solitude a colonisé toute cette personne, elle parle très haut, on sent que ce qui compte c'est de raconter, pas vraiment qu'on lui réponde, elle explique qu'elle n'aurait jamais dû lui dire oui, déroule le fil d'une histoire confuse dans laquelle il est question de clés égarées, d'un chat, d'un lasso au fond d'un couloir, oui un lasso comme dans *Lucky Luke*, les gens sont surprenants, et aussi de *Questions pour un champion* où les profs gagnent toujours.

– Ça doit être truqué, vous ne croyez pas, Babou ?

– Si, sûrement, c'est pour ça que la production offre des dictionnaires aux perdants, ça fait plaisir aux profs.

Bérangère en est tout illuminée :

– Mais oui, les dictionnaires, c'est la preuve ! Et vous, vous l'aimez bien Étienne Samuel, moi je préférais Lepers Julien.

Anna approuve, sa voisine s'enhardit :

– Je viens du Nord, 59, et vous ?

– Paris.

– Ah Paris 75. J'y habite depuis 2015, je travaillais chez Legrand Albert, pendant trente-cinq ans, mais il a pris sa retraite dans le Var 83. Vous connaissez ?

– Un peu.

– Vous avez des enfants ?

– Un peu.

– Moi, j'ai une fille, vous allez rire, elle est peintre en bâtiment et lesbienne. Pas de petits-enfants, pourtant je lui dis qu'il existe des méthodes modernes, ils en parlent tout le temps à la télévision, je pourrais même le porter le môme, mais elle ne veut rien entendre. Elle ne veut plus me parler d'ailleurs. Heureusement, j'ai un chat, Montand qu'il s'appelle, un grand bonhomme, vous avez un chat aussi ?

– Oh oui un chat, un chat chien, il adore la compagnie, mes filles lui ont même appris à donner la patte ! Il doit penser qu'il est un chien. Et aussi un chien idiot.

Satisfaite et étourdie par tant d'informations, Bérangère le signifie par une petite accolade avant de dérouler sa biographie, elle a perdu son mari, « un mauvais cancer », puis son travail, « on était gardiens, chez des gens bien », mais sans mari plus de boulot, pas si bien les gens, puis sans boulot, plus de pavillon. Et voilà qu'aujourd'hui, pour couronner le tout, Bérangère a égaré son lasso, mais là Babou a elle-même perdu le fil de la conversation, au fond du couloir du logement social parisien « un coup de chance ». Bérangère fait des travaux de couture « parce que ma retraite, c'est peanuts », et oui Anna note tout de suite son numéro de téléphone, ça tombe bien, elle ne sait pas coudre un ourlet. Et comme dirait Mamita, en ce matin chagrin, Bérangère lui a remis les horloges à leur place.

Avec un souriant « Bonjour messieurs-dames », le monsieur barbu à la figure si mignonne de musaraigne et un manteau de fourrure en toute saison, passant familier du quartier, fait son entrée au Baudelaire. Dans la rue, Anna le croise souvent, il ouvre subrepticement sa pelisse pelée, comme les satyres que lui décrivait sa mère lorsqu'elle était petite – aujourd'hui les pédophiles portent des soutanes bien coupées –, et dévoile une icône en bois dont il demande vingt francs sans conviction. Elle aime se raconter qu'il est prince, russe, déchu. Elle refuse l'icône, lui donne quelques euros, il lui baise la main pour la remercier avec effusion et la voix un peu nasillarde de Jean-Paul Belmondo, mais pas l'ombre d'un accent slave. Anna l'a même embrassé un jour en retour. Et dans cette intimité-là, sous l'éclairage orange d'un réverbère, rue Monge, il lui a confié qu'il avait été champion de natation synchronisée. Mais russe alors ?

Entre Bérangère et Dourakine, elle se sent drôlement bien. *Smaller than life*, ils n'ont sans doute jamais passé de vacances au Costa Rica, ni lu le dernier Goncourt, ils sont de vraies personnes dont les visages honnêtes et largués à la lueur du soleil levé à l'ouest rien que pour eux lui procurent l'impression réconfortante d'appartenir de nouveau au monde. Elle éprouve de la gratitude envers ces êtres qui lui offrent la joie de l'imprévu. Elle voudrait rester dans ce café toute la journée, parler de *Questions pour un champion*, et même de *Koh-Lanta*, est-ce que les profs de gym gagnent à *Koh-Lanta* ? La conversation piétine. L'une s'empêtre dans son lasso, tandis que l'autre s'enflamme pour son horoscope dans *Le Parisien* du Baudelaire.

Est-ce qu'il peut s'asseoir avec elles, mais bien sûr Dourakine, bienvenue à la table des branquignols. « Attention aux jalousies dans le travail… Pensez à faire de l'exercice », il en hoquette de contentement à l'idée des collègues jaloux cet homme qui n'a jamais dû mettre un mocassin dans un bureau.

– Et il dit quoi votre *Parisien* pour les Gémeaux ?

– Famille : faites la part des choses !

Un fou rire la prend. Quels chagrins ont dessiné ces petits traits sur leur peau et fait dérailler leurs propos ? À côté d'eux et de leurs malheurs dont ils ne font aucun cas, sa peine lui semble en carton-pâte.

Elle est au bord de commander un gin-tonic.

Axel aurait bu un gin-tonic, deux ou trois même, et l'alcool déformait sa vision à la manière de ses kaléidoscopes. Si elle avait du cran, elle offrirait une tournée à ses nouveaux amis. Mais la fatigue réduit les prétentions, Anna propose seulement à Bérangère un croissant : « Allez c'est moi qui régale ! » Et elle se sent moins en fragments de partager ce petit moment gras avec cette femme au sourire qui ne juge pas. Le plafond est moins bas. La vie passera mais cet instant doux restera.

En réalité, elle trouve sa douleur humiliante. Depuis le suicide d'Axel, elle a pris la décision de réserver la tristesse aux grandes occasions. Elle s'oblige à mépriser les inconvénients, s'est forgé une indifférence envers la disparition des gens connus mais qu'elle ne connaît pas, tous ces RIP et ces cercueils qu'on applaudit comme au cirque et puis qu'on oublie aussi sec, envers cette guerre des tranchées permanente, les wokes contre les antiwokes, les vaccinés contre les antivax, les vegans contre les fans de poulet du dimanche. Outre qu'elle déteste le conflit, elle préfère se taire plutôt que se vautrer dans l'indignation d'un camp ou d'un autre. Elle ne veut plus de ces faux débats, de ces fausses colères, de ces fausses larmes, elle réserve les vraies au professeur qu'on décapite en pleine rue. La nature même de son chagrin, un peu misérable et aussi inattendu qu'un jour brûlant à la pointe du Raz, lui déplaît. Elle s'en veut même de l'éprouver. L'expérience, seul bénéfice accordé par les années, devrait lui permettre d'envisager l'événement de la nuit dans sa globalité, et non *contre elle* comme quand on a vingt ans et qu'on prend tout pour soi et pour argent comptant. Mais confusément, ce sentiment de désastre dans lequel la nuit l'a plongée ranime d'autres peines qu'elle croyait classées, des hontes qu'elle avait cru soumettre, des cris, des coups. Les mauvais souvenirs flambent et elle se demande avec quelles ressources souterraines elle éteindra cet incendie.

Le club des Mamanours débarque au Baudelaire en rangs serrés, s'installe pas loin de sa compagnie de bras cassés. Voilà qui ne va pas arranger l'image de marque d'Anna. Ces femmes ont livré leurs enfants à l'école avec des baisers et des bonnets, surtout pas d'écharpes, proscrites par la directrice blonde, trop dangereuses. « Liberté, égalité, sécurité », articule-t-elle chaque matin à 8 h 20 depuis des années, avec un rictus censé figurer un sourire et l'air de s'adresser à des mères infanticides. Si elle le pouvait, elle obligerait les élèves à porter des casques en classe. La fraternité, elle s'en cogne, elle qui a lancé sans frémir un « Je ne prends pas les enfants handicapés » lorsqu'elle a vu Anna arriver avec sa fille en fauteuil roulant, une jambe cassée trois jours après sa rentrée en CP. « C'est quoi handicapé, maman ? » Et tout le trajet du retour, de l'école jusqu'à la maison, Joy criait comme une victoire : « Je suis handicapée, je suis handicapée ! » Anna en était restée muette, avec « Vous êtes une sacrée conne » au bord des lèvres, mais des larmes d'indignation coulaient sans que les mots sortent, elle maudissait ces forts à qui elle ne sait jamais rendre les coups. L'aplomb des gens qui ne doutent pas la paralyse.

Les Mamanours ainsi baptisées par Anna et son amie Sunshine ont sans doute des professions mais qu'elles n'exercent visiblement pas aux heures de pointe. Elles se retrouvent chaque matin autour d'un café, elles sont amies et leurs enfants sont amis. À moins que ce ne soit le contraire, qui des poules ou des poussins, *that's the question*. Leur progéniture est bilingue et elles appartiennent toutes sous des pseudos à peu près anglo-saxons au groupe WhatsApp créé pour s'entraider, Mumofthree, Supermother ou Meskidsmylife. Anna a fayoté pour s'y infiltrer, s'est inscrite sous le nom de Mèrerelou et est bien contente de demander si « par hasard » l'une d'entre elles aurait le corrigé du contrôle de technologie que Joy a oublié dans son casier ou à la cantine ou « je ne sais pas, moi ». Et l'une a toujours la gentillesse de le lui envoyer, comme on commet une bonne action pour un être irrécupérable. Anna oscille entre admiration et répulsion, si elle est honnête, elle avouerait qu'elle envie, comme d'habitude, ce qu'elle déteste : « Faites gaffe les copines, sur le cahier de SVT il faut coller le TP à droite et le cours à gauche », ces photos de cahiers écrits avec soin pour les petits camarades qui ont été absents, l'adresse du meilleur orthodontiste du quartier, et ces recettes « very easy » de flan aux aubergines parce que « il y en a marre des frites à la cantine ». Des vies de compétition. La semaine dernière, Anna a osé un « Salut les supermothers, trois évaluations d'histoire sur Byzance en dix jours, ça ne vous semble pas un peu exagéré ? À ce rythme-là, ils vont bientôt attaquer la Seconde Guerre mondiale », qui lui a valu un « C'est plutôt sympa de réviser sa culture générale » et tout de même un « Après une journée de boulot, Byzance, c'est un peu lourd ». Mumofthree merci.

Un matin, pleine d'énergie positive, elle a entamé la conversation avec l'une de ces mères parfaites, plus avenante que ses pairs, et elle s'est étonnée, avec force éloges pour ne pas sembler blessante, de tout ce temps et cette énergie consacrés aux devoirs, elle qui ne fait toujours pas la différence entre Vie scolaire et ENT. La mère lui a répondu : « C'est vrai mais c'est un investissement. » Anna n'a pas su quoi répondre. Elle s'est sentie minable, renvoyée à ses insuffisances et ses identifiants perdus pour accéder au cahier de texte de la classe, et minable de se sentir minable. Elle explique à ses filles que la vie, non ce n'est pas réussir son contrôle de physique, mais qu'il faut en passer par là, les équations, les compléments du nom, les guerres de religion, la vitesse d'un solide dégringolant par une fenêtre. Tiens, hier soir dans un roman elle a lu que, depuis la relativité d'Einstein, on sait qu'un corps qui chute ne tombe pas à la verticale mais plutôt sur un grand toboggan courbe, Axel a donc terminé sa vie sur un toboggan, il n'y a pas de consolation possible, défenestrer, rien que ce mot lui donne des haut-le-cœur, ce toboggan l'a fait pleurer encore, mais ce sont des bonnes larmes, contre l'oubli.

Un investissement pour fabriquer des petites Marie Curie ? Les enfants, c'est comme les vieux, ils doivent être rentables ? Au feu l'éducation capitaliste, les professeurs qui disent « éléments », « bons » ou « mauvais », pour parler d'enfants, comme s'ils étaient des meubles, les parents qui se prennent pour des banquiers.

Anna se demande comment habiter le monde. Elle ne redoute même pas les chauffards et les microbes comme sa mère, elle ne craint que les chagrins. Elle s'en fait pour les sentiments de ses filles, elle qui n'a pas le bonheur facile. Prodigue-t-elle les bons gestes, prononce-t-elle les bons mots de réconfort ou de reproche, elle peut s'en vouloir des jours pour une phrase de travers.

Ce qu'elle voudrait, c'est leur donner la force de lutter contre l'injustice et les médiocres, la générosité, en faire des chic filles, pas des chiens savants, Byzance elle le laisse aux professeurs.

Dis donc Sunshine, mon chien d'aveugle, il y a un colloque de Mamanours au Baudelaire. Hypothèse 1, elles entament une réunion Tupperware pour un robot qui fait la cuisine sans même que tu t'en aperçoives, tout à coup il sonne, c'est prêt. Hypothèse 2, elles préparent déjà le prochain conseil de classe et tu ne m'en as rien dit, vermine ?

Son amie ne s'appelle pas vraiment Sunshine, mais quand elle rit, toute la rue rit, alors c'est Sunshine. Avec Louison et Séraphine, elles partagent des surnoms idiots, leurs faits et gestes dans des messages fleuves, manière de se témoigner leur tendresse faute de se voir. Anna et Sunshine se sont rencontrées dans un couloir il y a dix ans, deux géantes assises sur des chaises minuscules, un remake moderne d'*Alice au pays des merveilles*. Convoquées « pour parler de certains problèmes » par la maîtresse de maternelle après une toute petite semaine d'école, même pas cinq jours ouvrables, Anna était effondrée, Sunshine guerrière. « Je suis Ge-ne-viève », a hurlé, détachant chaque syllabe, une créature impressionnante d'énergie vêtue d'une robe bleu pétrole, plus effrayante que la reine de Lewis Carroll. « À vous l'honneur », a murmuré Anna à sa voisine d'infortune, et comme la porte de la classe n'était pas fermée, au bout de quelques minutes, elle l'a entendue éclater d'un rire sympathique, un rire parfaitement approprié à la situation, qui ne signifiait pas que c'était drôle mais plutôt comme c'était joyeux cette histoire de pipi de son fils lui valant d'être assignée à comparaître sur une chaise naine à 19 heures un vendredi soir. « Évidemment qu'il est propre mon fils, sans me vanter il était même en avance, mais quand il est ému, parfois il a un petit accident. Et Ge-ne-viève, merci merci, je vais vous faire une confidence, il vous a trouvée très belle, c'est un sentimental mon fils, il vous a adorée, alors émotion il y a eu, voilà, on n'en parle plus. C'est un sensible, et vous aussi vous allez l'adorer, merci mais oui. Et puis, ce malheureux pipi, comme c'est charmant, nous donne l'occasion de faire connaissance. Et de vous dire que j'ai été bluffée par tout ce que vous avez fait avec les enfants en si peu de temps, cette semaine du rouge, c'est génial, et si je puis vous être utile en quoi que ce soit, voici mon numéro, je suis là. Et vraiment, merci d'être la maîtresse formidable que vous êtes, merci. » Ge-ne-viève n'avait pas pu placer un mot que déjà la mère était dans le couloir dans un sillage de mercis. « À vous ! »

Anna n'était pas encore assise que Ge-ne-viève avait retrouvé sa détermination de triathlète : « Alors, ça ne va pas, mais pas du tout, du tout », et elle agitait un index immense de droite à gauche, parlait à la vitesse d'un TGV, et Anna se sentait comme une vache la regardant s'énerver, « c'est la semaine du rouge, à chaque semaine sa couleur, les enfants colorient des fraises, des pommes, des pelles, des seaux, rouges, et votre fille n'a pas observé la consigne, elle s'est servie des crayons bleus, jaunes, verts, in-ter-dits, alors je voulais vous voir parce que si votre petite met à mal mon projet pédagogique, ça ne va pas aller du tout, du tout. » Anna s'empêtrait dans des excuses, tentait de défendre la liberté de créer de Joy, mais l'index s'agitait tel un métronome en folie, fausse route, demi-tour à toute allure, les pneus crissaient, « non ça ne se reproduira pas, jamais », faudrait-il nourrir la petite uniquement d'aliments rouges pour lui faire entendre raison, tout juste si elle n'avait pas dit qu'elle convoquerait un conseil de famille pour régler ce grave problème, mais oui dès lundi, sa fille ne ferait que du bleu, « ça tombe bien, elle adore le bleu ». Anna disait n'importe quoi, tout le bleu lui passant par la tête, le bleu Klein, la période bleue, le bleu du ciel, Bataille, puis elle a déplié ses membres endoloris par la chaise minuscule et elle est partie en maudissant Ge-ne-viève avec l'envie de serrer dans ses bras sa petite insoumise. « On n'est pas des moutons », répétait Nine plus que de raison.

Sur le trottoir, l'autre mère l'attendait en fumant une cigarette : « On prend un verre. » Et devant un prosecco, Sunshine avait éclaté d'un vrai rire, cette fois, lorsque Anna lui avait rapporté son entrevue. « Ta fille est un génie ! Mais ce que tu veux, c'est que l'année se passe bien ! Tu fais quoi comme métier ? Éditrice ? Formidable ! Dès lundi matin, tu lui apportes un sac de livres à Geneviève, pour la bibliothèque de la classe ! » Sunshine possède une qualité d'adaptabilité parfaite à chaque interlocuteur, et ce qui pourrait passer pour de la fourberie n'est que pragmatisme pour défendre les siens. Avec son air de lapin dans les phares, Anna ainsi que son Picasso lui ont plu, depuis ils sont des siens. Sunshine est l'amie providentielle de ses quarante ans.

– *Oui, conseil de classe ce soir, j'allais te sonner. En attendant, si tu veux sauver un enfant d'une mort certaine, peux-tu envoyer à sa mère la photo des consignes du devoir de dessin ?*

Sunshine mesure un mètre quatre-vingt-un et rien ne lui fait peur. Son père était ingénieur, elle a grandi, énormément, dans toutes les capitales d'Afrique, est devenue vétérinaire pour soigner des lions et des rhinocéros, vaccine des caniches contre des maladies qu'ils n'attraperont jamais dans un salon, réconforte des mémères à chat-chat dont elle écoute les soucis sans jamais s'impatienter, la mauvaise IRM et la chaudière en panne, elle est toujours de bonne humeur et de bon conseil. Après quinze ans de fêtes et feux d'artifice – Sunshine adore les rhinocéros et danser, mais c'est plus simple de danser –, elle est tombée raide dingue d'un normalien, énarque, agrégé, directeur de cabinet, l'homme le plus diplômé de tout l'arrondissement, rien à voir avec les bonobos. Quelques safaris et un mariage plus tard, un médecin crétin lui a affirmé qu'elle n'aurait jamais d'enfants, Sunshine l'a regardé droit dans les yeux : « Vous ne me connaissez pas. J'aurai une famille nombreuse ! » Et, entre un labrador à stériliser et un hamster à achever, elle se faisait des piqûres, sans jamais se plaindre, pour lutter contre les effets retors du Distilbène, ce médicament ingéré innocemment par sa mère lorsqu'on ignorait encore quelle bombe à retardement il serait, laquelle mère lui avait légué un utérus incongru et capable de faire s'exclamer tous les gynécologues de l'étage, des hommes évidemment, devant elle évidemment : « Jamais vu une monstruosité pareille. » Enceinte, dans sa blouse blanche, ce fil de fer s'est métamorphosé en montgolfière, trente kilos supplémentaires au compteur. À la naissance de sa fille, le cordon ombilical n'était même pas coupé qu'elle lançait au grand professeur, bouffi par son génie et oublieux de son diagnostic défaitiste :

– Eh bien maintenant, j'en aurai un autre.

– Un autre quoi ? avait interrogé le ponte.

– Un autre enfant, et avec un autre médecin.

Une fille, un garçon, qu'elle élève au cordeau, à croire qu'elle est aussi diplômée en Françoise Dolto. Elle redonnerait le moral à une armée en déroute, le genre à voir le verre quasi rempli quand Anna voit le cercueil déjà plein. Les soirs où elle trouve le verre un tout petit peu vide et son mari un tout petit peu absent, toujours plus brillant mais toujours plus rapide à s'endormir lorsqu'il rentre, une rapidité d'endormissement à inscrire dans le Livre des records, elle déménage tout son appartement, ne recule devant aucun canapé, puis elle regarde des documentaires en danois sur les bonobos, et ça va mieux.

Sunshine, les Mamanours, elle n'en fait qu'une bouchée.

– Bien sûr qu'elles te détestent ! Tu ne vois pas qu'elles sont jalouses, pire, envieuses ? Tu les impressionnes, elles doivent planter des épingles dans les photos qu'elles voient de toi dans les journaux. Arrête de vouloir te faire aimer par des gens qui ne t'aiment pas et qui n'ont aucun intérêt.

Refrain connu.

– Je croirais entendre Peter !

– Envoie-le prendre un café au Baudelaire un matin. Et demande-lui de reprendre son accent américain, elles adoreront ! La guerre froide, ça ne sert à rien, alors pactise, je précise : fayote.

Sunshine prend le temps d'être déléguée de classe : « Il faut infiltrer l'ennemi. Je ne peux pas transformer ma fille en génie de trigonométrie, mais si je peux lui éviter d'être humiliée par le professeur odieux, je le fais. »

Sunshine connaît chaque Mamanours par son prénom, offre une bonne bouteille à la responsable de niveau pour Noël, son quotidien est une grande débrouille dont elle a décidé une fois pour toutes de sortir gagnante, et ses amies avec elle. Elle rassure, remonte, conseille, console dès que l'une est en perdition.

Anna n'est pas dotée de cette élasticité d'esprit, se cogne quand Sunshine compose. Voilà un bail qu'elle les connaît ces mères, que leurs enfants fréquentent le même établissement, pourtant aucun lien ne s'est noué, au contraire, elles se regardent en chiens de faïence, parfois même elles s'aboient dessus. Surtout depuis le jour où Anna était arrivée en retard à la sortie de l'école, à « l'heure des mamans ». Avec Sunshine et quelques autres, elle s'était battue pour que cette appellation bien culpabilisante pour les mères qui travaillent soit rebaptisée « l'heure du goûter ». Et puis, un matin, Anna avait promis à Joy qu'elle viendrait mais elle était en retard, et sa fille attendait seule sur le perron, à côté de la directrice blonde tapotant sa montre avec un air exaspéré. « Pour une fois que tu venais ! » lui avait lancé la mère qu'avec Sunshine elles avaient baptisée Wikipédiatre. Si cette dernière avait surpris Joy à éternuer, elle envoyait dans la soirée à Anna un mail sur une maladie orpheline abominable, à croire qu'elle avait recensé toutes les calamités capables de liquider un enfant en moins d'une semaine.

– Joy a-t-elle fait sa prise de sang, pour la teneur en plomb ? Depuis l'incendie de Notre-Dame, il faut surveiller, on ne sait jamais !

Ce mélange de jugement et de sollicitude atteignait Anna plus que de raison. Mais elle lui avait répondu :

– Tu n'es pas au courant ? Depuis l'incendie, Joy a six doigts à la main gauche ! Mais c'est vachement pratique pour jouer du piano !

Et Anna était partie très vite, fuyant les regards offusqués, tirant la main poisseuse de la petite, après une journée d'école elle a toujours l'air d'être passée dans le conduit d'une cheminée.

– Pourquoi elles sont méchantes avec toi ? T'es vraiment pas populaire comme mère, avait observé Joy.

Comment lui expliquer que les supermothers ne possèdent qu'un seul critère pour juger les mères, la réussite de leurs enfants. Aucune pitié pour ceux qui traînent la patte, parce qu'ils plombent le niveau de la classe, mais n'étant pas assez tordues pour s'en prendre aux élèves, elles se vengent sur les mères non conformes. Si ton gosse a zéro, c'est ta faute. T'avais qu'à pas être en retard à l'école ! T'avais qu'à pas bosser comme un ministre ! Anna avait couru trop vite dans les couloirs de Réaumur-Sébastopol pour avoir la force de se lancer dans une leçon de philosophie. Elle a essayé tout de même :

– Non, Joy chérie, elles ne sont pas méchantes, on ne partage pas la même façon de voir les choses. Moi je pense que la vie, c'est s'entraider, tu vois, parfois on tangue en essayant de ne pas chavirer.

– Dans un bateau ?

– C'est une image, enfin une métaphore. Ce que je veux dire, la vie, ce n'est pas seulement réussir, tu vois, c'est partager ses faiblesses, ses peurs, ses maladresses autour d'un repas, d'un feu de camp !

Mais pourquoi ne lui viennent à l'esprit que ces métaphores stupides, d'autant qu'elle n'a aucun souvenir d'avoir jamais allumé un seul feu de camp. Elle a été jeannette un week-end après avoir supplié Nine de l'y inscrire pour accompagner Séraphine, elle a manqué mourir de froid et mourir tout court asphyxiée par l'odeur de la tente où elle devait dormir, fini les jeannettes et le sac à dos. Oublie les feux de camp ma vieille, sois honnête, tu penses que la vie ça serait plutôt partager ses emmerdes devant un gin-tonic, l'envie la reprend, il faut voir la réalité en face, elle est en train de devenir alcoolique. Alcoolique mentale, ça existe ? C'est la faute de Sunshine et de son message de la veille : *Tu crois que c'est normal d'avoir envie d'un gin-tonic à 14 heures ?*

– Enfin, tu me comprends, a poursuivi Anna, la vie, c'est regarder le vent dans les arbres, ou un beau coucher de soleil, partager des émotions, être ému par de belles choses, pas par de bonnes notes.

– T'es vraiment bizarre aujourd'hui maman, je ne comprends rien à ce que tu dis. Enfin si, j'ai eu 3 en dictée, mais ce n'est pas grave alors ? interroge l'enfant qui ne perd jamais le nord ni le sens de ses intérêts.

– Ça dépend, 3 sur 10 ou 3 sur 20 ?

– Eh ben voilà, tu es redevenue normale !

Anna, Sunshine, Louison, Séraphine, son amie d'enfance, son amie absolue, sont faillibles, dépassées, branquignoles. Ensemble, elles sont d'une gaieté inaliénable. La rivalité, l'envie, les luttes d'ego, tous ces sentiments somme toute ordinaires susceptibles de froisser les amitiés sont étrangers à cette petite tribu de femmes aux métiers suceurs de sang, aux enfants à conduire chez tous les corps de médecins, aux maris et aux amants largués par leurs revendications nouvelles et leurs torrents de larmes anciennes. Elles rient des mêmes blagues, sont émues par les mêmes personnes, se retrouvent le trente-six du mois, débarquent en traînant leur moral à zéro et se quittent grisées avec un rire au beau fixe. Elles s'estiment et se chérissent, comme dans le dessin de Catherine Meurisse :

– Moi, ce qui m'a soudain paru le plus précieux après le 7 janvier, c'est l'amitié et la culture.

– Moi, c'est la beauté.

– C'est pareil.

– *Faut que je te parle Sunshine chérie, besoin de toi, catastrophe chez moi, plus grave que le conseil de classe, c'est dire, la Troisième Guerre au moins après une attaque-surprise.*

– *Chérite, aujourd'hui, je ne vais même pas trouver cinq minutes pour faire pipi, mais j'annule mon déjeuner de demain rien que pour toi, un grand ponte des rhumatismes canins. Si tu ne peux pas, j'irai me faire épiler, c'est te dire la douche écossaise.*

– *Garde tes jambes de yéti, mais faut que tu te rapproches de mon bureau car demain grosse journée et aujourd'hui grosse fatigue et idées noires, en plus je dois préparer un dîner pour ma fille aînée qui a quelque chose à nous dire, impossible de remettre, je l'ai déjà décalé trois fois et tu sais à quel point cette gosse me rend coupable, Louison m'a dit « Tu n'as qu'à faire un chapon », je ne sais même pas de quel animal il s'agit.*

– *Demande un truc avec des plumes. Ton bureau c'est l'étranger, il faut que je prévoie un pique-nique dans le taxi. Mais venant de toi, j'accepte tout. Même un Quick je dirais oui, un petit frisson parcourt mon échine d'agneau de lait à l'idée de sentir les effluves d'un big burger, pas mangé de viande depuis l'élection de Nicolas Sarkozy, viande et Sarko rien à voir, c'est juste un repère spatio-temporel.*

– Je cherche un Flunch. Et j'annule moi aussi mon déjeuner de demain, remis déjà quatorze fois avec une autrice persuadée d'être la réincarnation de Simone de Beauvoir alors qu'elle ne connaît pas l'accord du participe passé avec le verbe avoir, tant pis, j'aurai un contrat sur ma tête.

– Même si l'idée d'un contrat sur ta tête donnerait un sens à ma vie, je remettrai mon habit de Goldorak roulé en boule derrière ma chaise de bureau pour venir te sauver et désintégrer les Yougos en planque derrière les poubelles en grève. Dis donc, pour le lancement de ton autrice géniale au nom imprononçable, c'est bien Chez Koukou ? J'ai cherché sur Internet et j'ai trouvé un libanais dans le quinzième arrondissement, un peu strange, non ?

– C'est Chez Coco le restaurant du palais Garnier.

– Ah en effet, rien à voir.

– Damned de correcteur d'orthographe, baisers ma beauté.

– À demain, j'arrive avec ma cape à étoiles qui brillent.

Après avoir commandé grand crème et Earl Grey, les Mamanours enfilent leur parka pour sortir griller des cigarettes. Elles nourrissent leurs enfants de légumes oubliés, font flamber le cours du bio, mais fument dès l'aube, des sapeurs déchaînés, un vestige d'humanité chez ces âmes glacées. Se joindre à leur nuage de nicotine et de préoccupations sauvera peut-être Joy de l'avertissement de comportement. « Il a neigé sur Yesterday », Anna n'arrive pas à se sortir Marie Laforêt du crâne.

Ces femmes la privent de toute assurance.

Conseil de classe oblige, elles ont toutes répondu présent ce matin à la présidente de l'association des parents d'élèves, une sorte de cheffe de meute. Cette femme semble désincarnée, le corps à l'abandon et le derrière qui pousse, comme si elle avait renoncé à elle-même en même temps qu'à ses idéaux, si elle en a jamais eu d'autres que construire une famille parfaite avec des ceintures noires de judo et des félicitations à la fin de chaque trimestre. Ses cheveux balayant ses reins, marquant un dédain muet pour les coiffeurs et autres professions esthétiques, des pantacourts du vingtième siècle, elle semble l'unique rescapée de la mondialisation clonant toutes les femmes de France et de

Navarre, la serveuse de l'Étrave à Douarnenez portant le même jean évasé que la troisième violoncelliste de l'Orchestre philharmonique. Elle ne parle pas, elle dicte. Son ton professoral donne envie à Anna de chercher un papier dans son sac pour prendre des notes quand elle lui adresse la parole. Celle qu'avec Sunshine elle surnomme sa première adjointe est d'une beauté à se dévisser la tête dans la rue. Ses enfants ont dû sauter à eux trois toutes les classes de primaire, mais lorsque après avoir visité l'exposition Matisse le professeur d'arts plastiques a demandé à ses élèves d'exprimer leur « vision du bonheur avec des pastels ou de la gouache », la benjamine a dessiné un lit, toute la classe a trouvé ça bizarre. Cette gamine au regard de noyée, qu'on dirait en retard seulement parce qu'elle a trois ans de moins que les adolescentes en crop top pubères de sa classe, serre le cœur d'Anna. Mais imperturbable, sa mère cavale sur des talons aiguilles, un cartable à roulettes au bout du bras, de la sortie de l'école au conservatoire de musique à la leçon de chinois en passant par l'atelier de codage : quatre activités multipliées par trois, et cinq qui font douze. Et quand Anna lui a demandé « Tu fais quoi dans la vie ? », elle a eu un geste pour chasser un insecte ou un mauvais souvenir : « Arrêt maladie, secrétaire médicale, cabinet de dentistes, tous des fous trop pressés ! Au fait, t'as signé ma pétition pour obtenir la présence d'un agent de sécurité devant l'entrée de l'école ? Il y a un angle mort, c'est hyper dangereux pour les enfants, tu ne te rends pas compte. »

Agitant un drapeau blanc mental, Anna rejoint le trottoir, allume une cigarette avec ces femmes plus étrangères que Bérangère et Dourakine. Un jeune homme s'arrête pour lui demander du feu. Lorsqu'il se retourne pour reprendre sa route, Anna aperçoit un livre glissé dans la poche arrière de son jean, c'est devenu tellement rare et c'est si réjouissant, elle reconnaît la couverture verte et cartonnée de Thomas Vinau, *Vivement pas demain*.

– Attention, vous allez perdre votre livre, ce serait dommage, il est merveilleux, Thomas Vinau.

– Vous connaissez ?

Il récite :

– Il faudra veiller à s'inventer et ne plus rien inventorier. Chausser les guêtres toujours trop grandes d'un nouveau jour. Assouplir nos revanches. Se blinder de bleu. Et partir.

Il marque une pause avant d'ajouter :

– Paris est tout petit pour ceux qui aiment ce poète d'un aussi grand amour !

Les fumeuses la regardent d'un drôle d'air, est-ce qu'elle drague ?

Cup du Monde saute sur Anna comme chaque fois qu'elle l'aperçoit. « Toi qui connais des gens connus, tu pourrais vraiment faire quelque chose », l'entreprend-elle de nouveau sur les avantages de la coupe menstruelle, le scandale des tampons périodiques dont on ignore la composition, les chocs septiques dont on ignore le nombre de victimes, et, pire que tout, le sang bleu dans les publicités pour protections féminines : « Non mais l'hypocrisie ! » Les règles azur, c'est son dada. Quand elle en a plein les bottes de sa portée d'enfants savants, elle envoie des mails à tous les contacts de son ordinateur, débordant d'indignation.

– Tu n'aurais pas le mail d'Amélie Nothomb ? Elle, elle pourrait nous aider.

Anna botte en touche :

– Peut-être Baptiste Beaulieu, il est médecin !

– Amélie aurait plus de poids, tu t'en occupes ?

Parfois, le soir lorsque Anna ne s'endort pas, elle songe à déposer sur le paillasson de Cup du Monde un gigantesque carton anonyme de tampons périodiques tout en se demandant très sérieusement si le sang bleu des publicités est une atteinte à son intégrité.

Une autre supermère fond sur elle, très chic, toujours en noir, et blême telle une cousine de la famille Addams, l'air de se marrer uniquement les années bissextiles. Elle observe :

– Tiens tu fumes, tu n'as pourtant pas une peau de fumeuse.

Est-ce de la gentillesse ou de la fourberie, Anna sombre dans la paranoïa. Non elle est gentille, s'enquiert :

– Quel rôle va donc avoir ta fille dans la pièce ? Les pauvres enfants, dire qu'ils vont devoir jouer avec des masques, quelle misère !

Anna allume une deuxième cigarette pour gagner du temps. La pièce de théâtre mise en scène par le professeur de français pour Noël, Joy a refusé d'y participer, même de porter une hallebarde sans une seule réplique à apprendre : « Flemme, daronne, tu comprends ! » Ses enfants ont abandonné l'une après l'autre toutes les activités artistiques et sportives offertes par le monde moderne aux enfants privilégiés, non sans avoir réclamé d'abord l'intégralité des équipements – quand Anna arrive chez Decathlon, c'est bien simple, les vigiles l'appellent par son prénom et elle pourrait ouvrir une MJC avec son stock de chaussures de claquettes et de gants de boxe.

– L'*Antigone* d'Anouilh, vraiment non, ma fille préfère celle de Sophocle, balance-t-elle de l'air de celle qui dirait : « La quatrième dose m'a tuée, pas toi ? »

Anna est donc devenue paranoïaque et odieuse.

– Mais non je plaisante, Joy n'a lu ni l'une ni l'autre !

– C'est peut-être parce qu'il y a trop de bouquins chez toi, à force de te voir lire, elle doit considérer la lecture comme un ennemi, tu vois, une activité qui lui vole sa mère.

Cette maladresse teintée de gentillesse la touche, Anna lui demande la date du prochain conseil de classe, oui il aura lieu le soir même, débat intérieur au sujet d'un incident survenu au début de l'année scolaire, doit-elle le mentionner ? L'actuel professeur de technologie de Joy, croisant dans un couloir de l'établissement Félicité, lui a lancé un curieux : « Dis donc, je n'avais pas fait le lien, mais tu es la sœur de Joy ! Vous ne vous ressemblez pas du tout ! Bon, tu n'y peux rien, c'est ton destin, c'est un peu comme être la sœur d'Hitler ! » Rapporter qu'un fonctionnaire de l'Éducation nationale a comparé sa fille, la chair de sa chair, à Hitler, oui Hitler avec la moustache, réconciliera-t-il Joy avec la modélisation des énergies ou provoquera-t-il au contraire un afflux de forces maléfiques sur la tête de l'élève ? Convenant avec elle-même qu'elle ne sait pas, Anna se tait.

Se plaindre lui semble au-dessus de ses forces, avec sa Javotte transformée en Hitler et son Anastasie d'aînée attaquant une dissertation hier soir sur la table de la cuisine, ses écouteurs dans les oreilles :

– Mais non, maman, la musique ça m'aide. Tu dois savoir ça toi, Victor Hugo, c'est le seizième siècle ?

– Mais oui ma chérie, c'était le meilleur pote de Ronsard et Du Bellay. T'es bien la sœur d'Hitler, toi !

En même temps, la chronologie a déserté les manuels de littérature, faire apprendre une date à des élèves est devenu une atteinte aux droits de l'enfant, tout est thématique, la poésie, le théâtre, l'autobiographie, tout se vaut, Victor Hugo ou Hervé Bazin réunis sous la bannière « enfance malheureuse ». Elle regrette d'avoir donné son Lagarde & Michard, elle voudrait prendre à la légère Victor Hugo, le conseil de classe, mais un sentiment d'épouvante la guette.

Sur la devanture du Baudelaire, des guirlandes électriques de Noël clignotent dans la lumière d'un soleil de 1er mai, la file d'attente pour se faire tester à la pharmacie est plus longue que celle pour aller voir le dernier *Spiderman*. « Le sperme des non-vaccinés, nouveau bitcoin des antivax », annonce la couverture d'un journal placardé sur le kiosque, les cyclistes roulent deux fois plus vite que les automobiles, ce n'était pas mieux avant mais c'était plus clair. Les bruits du monde étaient audibles.

Même les passants ont l'air différent. La beauté se serait démocratisée ? De la poudre aux yeux. Anna regarde autour d'elle. Les jeunes filles portent toutes de gros sourcils, tatoués, redessinés, trop foncés, sous des bonnets en laine côtelée qui les rendent jolies. Coiffée d'un bonnet, Anna redoute toujours qu'on lui demande son forfait des Trois Vallées. Poster sa cellulite ou son acné sur Instagram lui paraît un audacieux et étrange antidote aux normes dénoncées. De la puberté à la tombe, les corps féminins, les trop gros, les trop maigres, les trop beaux, les trop moches subissent discriminations et agressions. Léna Situations a dû quitter Twitter à la suite de messages haineux provoqués par sa nouvelle coiffure. Les réseaux sociaux, ces démiurges modernes, ne sont que des machines à fabriquer des complexes et des clones, des Kim Kardashian, visages réduits à des nez eux-mêmes réduits à des narines par des rhinoplasties, des fausses pommettes inversement proportionnelles et des lèvres prêtes à exploser. Et un savant maquillage du nom de « contouring » est censé gommer tout le reste. Karl avait raison, ce génie avait lancé à un maquilleur sur une séance photo avec un top model cette phrase devenue célèbre : « Effacez-lui le front ! » Et ces nouveaux diktats n'ont pas contaminé que la Californie. Une jeune éditrice du bureau est allée se faire injecter des cochonneries plein les fesses, planquée dans l'arrière-salle d'un coiffeur de la rue Saint-Denis, elle pense que c'est du sérum physiologique, c'est ce qu'on lui a dit, mais elle s'en fiche, elle aime son nouveau « boule » comme elle dit. Joy a passé le week-end à se fabriquer des taches de rousseur devant le tuto d'une influenceuse aux milliers de followers, avec une passoire et du cacao. Avec sa bouche explosive mais muette – qui connaît le son de sa voix ? – Kim Kardashian mène le monde, il ne faudra pas s'étonner le jour où elle deviendra présidente des États-Unis.

Gling. Message de la nouvelle cheffe à la bouche méchante :

J'ai donné ton 06 à une influenceuse géniale. Sylvana voudrait faire un livre sur la ménopause, pas les bouffées délirantes de chaleur, le côté positif et moderne du phénomène, comment il libère ! Elle a inventé une nouvelle hygiène de vie, elles vont adorer, les lectrices, et j'ai pensé que le sujet pourrait t'intéresser. Elle passe à 16 heures au bureau, tu t'en occupes ? Merci.

La fourbe n'a pas osé écrire « à ton âge », mais les mots clignotent, subliminaux sur l'écran du téléphone.

Gling.

PS je voudrais aussi que tu t'attelles à l'édition d'un essai sur l'écoféminisme, tu trouves la bonne personne pour l'écrire ?

La cheffe a dû avoir un remords : un livre pour les vieilles, un livre pour les jeunes, son compte est bon.

Il faudrait qu'elle aille se renseigner auprès de la voisine du premier étage, jeune militante pour l'installation d'un bac à compost dans le hall d'entrée, mais militante aussi de la suppression du poste de la gardienne, « elle coûte trop cher et on pourrait très bien s'en passer, on ferait le ménage à tour de rôle comme dans une coopérative ». L'assemblée générale de l'immeuble a failli tourner au vinaigre lorsque Anna a demandé à la jeune femme si elle pensait que la gardienne au chômage allait nourrir sa famille avec du compost. Elles se sont réconciliées un samedi matin, Doria pleurait dans le hall, son bébé et un énorme sac dans les bras. Anna lui a demandé ce qui n'allait pas, la fille avait un rendez-vous « pour un boulot super important » et pas de baby-sitter. Anna s'est revue avec Allegra, a attrapé le bébé : « Je m'en occupe. » De toute façon, Anna, l'indifférence n'est pas son fort. Dans le sac, elle a trouvé plein de trucs bizarres. Où trouve-t-elle le temps de laver des couches lavables, cette mère dont elle ne rencontre jamais le compagnon ? La maternité a fait sa mue écologique, même le Mustela à l'odeur exquise a disparu, remplacé par une pâte épaisse et marronnasse appelée liniment, qu'Anna a étalée avec difficulté sur les fesses du bébé. Dieu sait qu'elle a adoré nourrir ses filles, mais son instinct maternel s'était enrayé devant le tire-lait électrique. Et elle était pleine d'admiration devant ces petits biberons remplis de lait maternel congelé. Mais en revenant chercher son bébé quelques heures plus tard, la voisine s'est de nouveau effondrée en sanglots et en aveux, ses nuits épuisées, « le cosleeping, pourtant, c'est mieux pour le bébé », son ventre strié de vergetures : « J'ai vingt-huit ans, tu crois que je vais le retrouver mon corps d'avant ? Parce que je ne pourrais plus jamais coucher avec aucun mec », son amour ébranlé par son nourrisson hurlant avec la régularité des flashes d'actualité sur France Info, « même pas un mec sur Tinder », sa culpabilité, « personne ne m'avait prévenue », sa mère à des kilomètres de là, le père du bébé parti se réfugier chez des copains après trop de disputes. Et Doria semblait épouvantée par les crapauds s'échappant de sa bouche :

– Parfois j'ai peur de péter les plombs, mais je l'aime mon bébé.

– Bien sûr que tu l'aimes, mais peut-être que tu pourrais acheter des braves couches Pampers pour gagner du temps.

Sanglots horrifiés de Doria.

– T'as pas une cigarette ? Je crois que je fume plus que je ne mange !

La maternité n'est ni un champ de roses ni un conte de fées, d'ailleurs l'histoire s'arrête toujours avant que les princesses accouchent, ils se marièrent et eurent beaucoup d'enfants... qu'ils iront perdre dans la forêt quelques années plus tard. Et le bébé pleurait maintenant plus que sa mère.

– Il faut que je lui donne le sein, je peux rester encore un peu ?

Anna se souvient de sa perplexité le lendemain de la naissance de Joy quand une bonne sœur de la maternité lui avait demandé, sans une once de miséricorde, si elle voulait nourrir sa fille « à l'allemande ». Il était 6 heures du matin, elle avait des seins comme des pastèques, elle qu'on avait traitée plus souvent qu'à son tour de planche à repasser, et elle pleurait de ne pas savoir répondre à sœur Marie-Dragon. Elle avait nourri Allegra toutes les trois heures sur les conseils de Nine, et damned, il y avait du nouveau sous le soleil de l'allaitement, et elle n'était pas au courant. À l'allemande ? Elle imaginait une discipline militaire dont l'intitulé ne l'inspirait guère.

Cœur, smiley, Sherlock Holmes, recœur, texto :

Louison, ça veut dire quoi nourrir son bébé à l'allemande ? Un dragon déguisé en bonne sœur vient de me poser la question, et j'ai peur qu'elle me renvoie chez moi si je ne lui réponds pas illico.

– Aucune idée ! Pour info ma chérie jolie, je t'annonce qu'il est 6 heures du mat' et que je n'ai pas encore accouché. Dans l'état actuel des choses, pour être précise, je ressemble à un morse qui aurait trop bouffé, j'ai les pieds de Babar le petit éléphant, surélevés sur trois oreillers, et je guette un énigmatique bouchon muqueux. Tu as du bol, rapport à mon nouveau corps de morse, je ne peux pas dormir. Pour toi mon adorée, je googlise…

– La bonne sœur à moustache va revenir et je ne sais pas quoi lui dire, elle me fait peur.

– D'accord, cas de force majeur… Je tombe sur « d'une guerre à l'autre », ça doit pas être

ça, dis donc ton truc c'est le Trivial Pursuit, une minute, je vais sur un forum... « Maman1,2,3, bébé », je ne trouve jamais rien, il n'y a que des filles qui demandent si c'est bon de congeler son placenta pour le manger, « La maternité pour les nullipares », je trouve rien... Dis donc, c'est pas plutôt « à la demande » qu'elle a dit, ton sergent-chef ???

– T'es un génie, ça doit être ça !

– Je te lis : « nourrir le bébé quand il a faim », ça ne semble pas idiot comme proposition. À heures fixes, tu crois que c'est quand il n'a pas faim ? Mon Anna, on n'aurait pas dû sécher les cours d'accouchement sans douleur, il y avait sûrement allaitement en option. Tu sais quoi, gagne du temps, prends ton air de grande-duchesse et dis-lui que tu dois encore réfléchir.

« Tu la nourris à heures fixes, comme Allegra, avait tranché Nine consultée à un horaire ouvrable, sinon c'est de l'esclavage. Déjà que c'est une drôle d'idée de vouloir la nourrir. Parfois, je me demande pour quoi on s'est battues ! »

Si Simone de Beauvoir avait eu des enfants, des adorables petits garçons qui louchent qu'elle aurait nourris toutes les trois heures, la face du monde maternel aurait-elle été changée ? La vie des supermothers superslaves, avec leur #unconditionallove et #sicestpasleparadiscayressemble ? Si tu n'as pas nourri tes enfants jusqu'à leur premier appareil dentaire, t'as raté leur vie. S'ils n'ont la moyenne en rien, tu les as précipités chez Pôle emploi, voire pire, « allez jusqu'à la case prison, ne passez pas par la case départ, ne recevez pas vingt mille francs ». Prenez n'importe quel dealer ou voleur de chats, c'est toujours la faute de sa mère absente à 18 heures de la maison pour lui faire réviser le théorème de Pythagore. On n'accuse jamais un père d'avoir zappé la récitation de la fable de La Fontaine, et qui vole un œuf vole un portable. Pas étonnant qu'Allegra préfère adopter un arbre d'Amazonie plutôt que se reproduire sur une planète qui n'aura bientôt plus assez d'oxygène pour que tout le monde respire et où pèsent sur ses épaules plus d'injonctions que de tigres blancs en voie d'extinction.

La mère d'Anna, féministe historique, lui donnait le biberon tout en lisant *Le Nouvel Observateur*. « Tu ne me regardais même pas ! » Nine a longtemps affirmé que c'était faux jusqu'à ce qu'Anna lui brandisse des photos cornées, trouvées dans le tiroir de la commode de l'entrée : « Voici la preuve ! » Nine protestait alors que c'était ridicule « ces bébés nourris sous la mère, on n'est pas des veaux ». Et ensuite, Anna a avalé des petits pots, toujours des petits pots, pas encore bio, elle se souvient du bruit lorsqu'on ouvrait le couvercle en aluminium, pots administrés à la chaîne, carottes, épinards, pomme-coing, dans le salon de la rue de la Glacière, au milieu des amies de Nine fumant comme des sapeurs et allumant des bâtons de patchouli « pour la petite ». Nine a passé plus de temps à refaire le monde qu'à élever sa fille, zéro culpabilité, c'était pour le bien d'Anna qu'elles se battaient ces militantes aux robes molles et au visage dénué de maquillage. Anna les trouvait négligées. Leur sexe ne devait pas nuire à leur cause, avait expliqué Nine lorsque sa fille avait pointé avec dégoût une touffe de poils sortant d'une manche. Pour défendre les femmes, elles ne devaient compter que sur leurs compétences, s'ingénier à faire oublier leur corps.

Gling. Des hommes de plus de 50 ans qui partagent vos centres d'intérêt vous attendent sur DisonsDemain.

Hier soir, avant le vaudeville, alors qu'Anna et Peter formaient encore un couple témoin sorti de *Petit Ours Brun*, Maman réchauffait des carbonara surgelées Picard pendant que Papa lisait *Le Monde* sur sa tablette et sans pipe – aujourd'hui, ce sont les mamans qui fument leur charge mentale sur les balcons. Hier soir après le dîner, Papa avait rangé la cuisine, Papa Ours Brun ignore tout des programmes écologiques du lave-vaisselle, Peter en est fin connaisseur. Il faut lui reconnaître un conséquent effort d'investissement dans les tâches ménagères, même si lorsqu'il en accomplit une, il ne peut encore pas se départir de l'habitude toute masculine de l'annoncer – « J'ai lancé le lave-vaisselle » –, à croire qu'il en attend des applaudissements.

À 21 h 25 précises, alors que la soirée était égayée par un concours de capitales, Félicité l'avait emporté comme toujours avec Vaiaku, la capitale des Tuvalu, puis par les essais de coiffure de cette pauvrette dont les cheveux constituent l'ennemi numéro 1, Daech n'est rien à côté, des boucles et des boucles à abattre quotidiennement, elle sanglote les jours de pluie la pauvre, elle va friser, Joy a lancé : « Je crois qu'il y avait un devoir de SVT à faire pour demain. »

L'usage de l'imparfait présageait le pire. D'autant que SVT, rien que cet acronyme, donne des sueurs froides à Anna. Les sciences naturelles, au moins, c'était naturel. Les sciences, elle déteste, la vie lui fait peur, et la terre ne lui dit rien qui vaille ces derniers temps. Ça y est, la mère et la fille s'engueulaient déjà pour accéder au cahier de texte du site Vie scolaire, invention délirante permettant aux parents de suivre minute par minute et en temps réel les notes de leur progéniture, la moyenne de la classe, le travail quotidien.

« Au cours d'une sortie en famille », Anna avait raison d'avoir la trouille, ça partait mal pour un dimanche soir, « vous ramasserez des spécimens végétaux et animaux représentatifs d'un micro-environnement vivant », c'était bien une catastrophe, « vous les ferez sécher avec soin pendant plusieurs jours », pire que ce qu'elle pensait. Elle emmerde Monsieur Naturemolle, en l'occurrence Monsieur Naturemolle l'emmerde, cet innocent doit manger des chips bio devant la énième diffusion de *Matrix* sur son écran plat, le film du dimanche soir est pour elle un mirage. Chaque week-end, elle rêve d'y arriver, regarder *Un éléphant ça trompe énormément*, devenir cette femme de la préhistoire de la vie des femmes, « c'est vrai qu'on l'a vu vingt fois, mais c'est sympa quand même, mais non les filles, c'est pas ringard, c'est très amusant, allez chercher une tablette de chocolat », vivre dans le passé avec une doudoune sans manches et un jean neige à pinces. Mais son dimanche soir n'était pas au programme de *Télérama*. Dans le but de déjouer par avance les pièges de Parcoursup, ce logiciel susceptible d'envoyer directo une lycéenne fan de chiffres dans un cursus d'humanités, elle avait prévu de chercher un établissement privé heureux d'accueillir une charmante adolescente, bien sous tous rapports, ne fume pas, ne boit pas, sait résoudre une équation du deuxième degré à force de leçons particulières – Anna songe à demander à sa direction de verser directement son salaire chez Acadomia, ça fera gagner du temps à tout le monde –, une lycéenne vive, toquée de géographie, aucune capitale ne lui est étrangère, aucun vice caché hormis les cheveux qui frisent sous la pluie et quelques approximations chronologiques, mais bon franchement, excepté une poignée de normaliens qui, à peine sortis de l'école, se reconvertiront en scénaristes de séries ou en épiciers spécialistes du pâté à l'ancienne, qui connaît la date de naissance de Victor Hugo aujourd'hui ? « Ce siècle avait deux ans ! Rome remplaçait Sparte, déjà Napoléon perçait sous Bonaparte », ce n'était pourtant pas compliqué à retenir. Une fois Parcoursup maîtrisé, elle était ambitieuse en ce dimanche soir, Anna prévoyait aussi de se lancer dans la recherche d'une maison de retraite plus adaptée à sa mère. La situation se dégradait de jour en jour, Nine avait un comportement agressif et déconcertant. Une soignante lui avait laissé un message vocal : Nine avait insulté « de manière ordurière » sa voisine de table. La soignante avait répété trois fois « ordurière » en détachant les syllabes, un peu comme le proviseur du collège de l'école lorsqu'il prononce « in-so-lente » pour parler de Joy, le monde entier s'était mis à lui parler en détachant les syllabes, Nine avait « agressé » sa voisine parce que cette dernière ne voulait pas croire que Mitterrand avait inventé les smileys. Et si sa mère avait raison ? Il fallait absolument qu'elle vérifie, elle souhaitait de toutes ses forces que Mitterrand ait inventé les smileys car même si elle se mettait à prier lorsqu'un numéro inconnu s'inscrivait sur son écran, pourvu que ce ne soit ni l'école ni les Acacias, elle était toujours du côté de sa mère et de ses enfants.

Ce n'était pas encore ce soir qu'elle remplirait intégralement le questionnaire long comme le bras, état physique de la future pensionnaire ? Parfait, rien à dire. État mental ? Quelques incohérences mais élève très sympathique. Anna mélange tout, sa mère, sa fille. État personnel ? Mère pas du tout sympathique à l'idée de se coller à un devoir de SVT, mais mère prenant sur elle, tiens un bon point, bien préciser que sa mère a le cerveau en morceaux certes mais qu'elle ne fait pas sous elle, ça leur plaira aux Camélias ou aux Chrysanthèmes, sa mère est parfaitement propre, elle oublie tout sauf sa phobie des microbes, réclame régulièrement une bouteille d'eau de Javel qu'Anna n'apporte pas, elle a trop peur que dans sa confusion Nine s'en serve un petit verre.

« Continue de lire la consigne ma chérie », la soirée serait pourrie, ça ne faisait plus un pli. « Votre herbier ainsi constitué, vous en collerez les éléments sur une feuille de papier Canson format A5, en précisant les conditions (température, degré d'humidité) de leur bon développement. »

Anna fouillait dans sa réserve personnelle, constituée à grands frais chez Gibert Joseph – Gibert Jeune a fermé, remplacé par Sephora, le rouge à lèvres l'a emporté sur la littérature –, afin de résister à une pénurie de compas et de rapporteurs la veille d'un contrôle de géométrie. Ses filles doivent organiser un trafic, sinon comment expliquer la perte de trois compas depuis septembre ? En même temps, Anna venait d'apprendre que Léopold – une tête parfaite à s'appeler garçonnet, celui qu'elle donne en modèle à ses filles, « Léopold Commeilfaut ne perd pas ses affaires à un rythme industriel », phrase qui lui vaut automatiquement un « Tu compares quand ça t'arrange », et c'est vrai, elle compare quand ça l'arrange, c'est pas du tout positif comme éducation, mais peut-être que l'éducation positive est un concept contre-intuitif lui aussi – eh bien Léopold Commeilfaut avait reçu un avertissement parce qu'il avait organisé un trafic de cigarettes, achetées par cartouches dans les boutiques duty free des aéroports lorsqu'il voyageait avec ses parents, revendues à l'unité à ses petits camarades. « Tu vois qu'il n'a rien d'un modèle », s'est insurgée Joy. « Je vois qu'il a le sens des affaires au moins », a répondu Anna avec une mauvaise foi de compétition et, en son for intérieur, un plaisir mesquin. Si ses filles tombent pour trafic de compas, elle plaidera l'amour des maths. Face à l'ennemi, toujours défendre ses filles, c'est son seul credo éducatif, c'est intuitif. Dans sa réserve, Anna tombait sur des feuilles Canson format A5, Dieu existait donc et Peter était son prophète, filant dans la rue ramasser des spécimens végétaux, des feuilles mortes quoi, elle doutait tout de même que Dieu ait fait pousser des champignons sur le béton parisien. Les échanges météo-conjugaux étaient tendus.

– Il pleut quand même beaucoup.

– Mais c'est ta fille, aussi.

Anna décapitait un hortensia d'un bouquet magnifique, toujours avoir des fleurs à la maison, toujours défendre ses filles, finalement elle avait des principes, déchiquetait un sachet de lavande, dénichait même un vieux rameau d'olivier. Très très sec, vingt ans et beaucoup de poussière celui-là, à croire qu'on l'a fait sécher des jours et des jours dans un bottin qu'on n'a plus, Monsieur Naturemolle, vous n'allez pas en revenir.

– On va reconstituer un micro-environnement de Provence ma chérie !

On est comme ça dans la famille, on n'a pas de cahier de texte, mais on a des idées. Miracle d'habiter dans un quartier avec des arbres, Dieu est bon joueur ce soir, le mari avait trouvé des feuilles de platane, de marronnier et d'autres que personne ne savait identifier.

« Je connais une appli qui va nous le dire », hurlait l'enfant ragaillardie par ces trésors. La petite est geek, ce qui sonne mieux à l'oreille pédagogique qu'accro à son téléphone. De la colle et des ciseaux, la lavande séchée rendait pas mal, mais les feuilles dégoulinantes avaient besoin d'un séjour prolongé dans un dictionnaire pour avoir l'air de sortir d'un herbier ou au moins de quitter leur état de spécimens végétaux fraîchement ramassés sous la pluie. Là, Peter avait eu l'idée de génie de cette soirée où elle aurait gagné haut la main, l'équipe de Babou à *Koh-Lanta*.

– Et si on les mettait au micro-ondes ?

Anna avait envie de lui rouler une pelle sur-le-champ à son mari, héros comme au premier jour et créatif comme personne dans ses

Clarks spongieuses. Cinq minutes plus tard, les feuilles étaient desséchées à point, certaines avaient un faux air de tartines trop grillées, mais après un coup de fer à repasser – Anna aussi avait des idées – coup de fer « administré avec soin Monsieur Naturellemolle », tous les spécimens végétaux du cinquième arrondissement étaient prêts à passer la nuit sous une pile de « Bouquins », merci Guy Schoeller, mais d'où sort cette *Histoire de la musique* de Rebatet ? Côté spécimens animaux, ils avaient eu beau déplacer les meubles de la cuisine et de la salle de bains, pas un petit cafard à passer au micro-ondes, même pas une mouche. Tout en se demandant si c'était bon signe cette absence totale de vivants dans un appartement parisien, Anna a hésité à vider le sac de l'aspirateur à la recherche d'un cadavre d'araignée, mais elle a rechigné. Il était presque minuit.

Anna est la mère lambda de filles lambda. Certes, à la Sorbonne, elle a soutenu son mémoire de maîtrise de lettres modernes, enceinte de huit mois et demi, ce détail de sa biographie fait toujours ouvrir grand les yeux des gens, elle a appris à repérer ceux qui se retiennent de lui demander si c'était un accident et ceux qui comptent mentalement sur leurs doigts quel âge ça peut lui faire, tiens, plus que ce qu'ils imaginaient. La suite de son CV maternel est des plus banales. Une deuxième fille, un mariage, une troisième fille, on va s'arrêter là, on n'est pas non plus tenus de fabriquer une équipe de majorettes, les trois filles sont belles, saines d'esprit, cool. Après une période zadiste et des études de droit, Allegra a trouvé sa voie en prison où elle apprend à lire à des gamins « qui n'ont pas eu ma chance », ne rate aucune manif contre le réchauffement climatique, contre les violences policières, contre ce salopard de Darmanin, contre le racisme, contre le patriarcat. Elle est contre, c'est son mode de vie et de fonctionnement et Anna pense que c'est un miracle qu'elle ne soit pas contre sa mère. Anna admire sa hardiesse, sa manière de foncer dans le tas pour faire triompher ses convictions, elle qui s'est soumise plus souvent qu'à son tour aux desiderata des patrons, aux désirs des hommes. Les deux filles suivantes sont plutôt pour leur confort. Une grue est nécessaire pour faire sortir Félicité de sa chambre aux heures de repas, la même grue sert à faire entrer Joy dans la sienne à l'heure de se coucher. Lorsque Félicité s'assied à table, ses mains vérifient instinctivement dans la poche arrière de son jean que son portable est bien là. Anna lui demande comment s'est passée sa journée, elle répond

« Tranquille », sa mère tente d'en savoir un peu plus, le menu de la cafétéria, sa copine Camille, le cours d'histoire, « c'est intéressant l'histoire », elle obtient un « flemme ». Lorsque Anna a essayé d'appliquer un précepte de l'éducation positive, « aujourd'hui chacun doit raconter le truc le plus chouette de sa journée, puis le pire », Félicité a lancé un regard atterré, Joy a marmonné : « Le pire, l'école, tous mes profs me détestent, le mieux, ma copine Léa qui est lesbienne, je vous l'ai déjà dit ? » Craignant d'être devenue une mère aux désirs impossibles à satisfaire par ses enfants, Anna leur a lancé :

– Je vous trouve géniales !

– Pourquoi tu nous parles avec la voix que tu prends pour parler au chien ? a interrogé Joy.

Les filles n'ont déclaré aucun talent particulier autre qu'une adoration à l'idole Netflix, une passion pour la géographie et les mangas, rien à signaler dans les dîners parisiens pendant la dégustation du quinoa en gelée ou du ceviche de poulpe – « je te donnerai la recette, c'est rien à préparer, tu prends du poulpe très frais, moi je l'achète au marché bio, du sésame, du yuzo, des citrons caviar, je les fais venir du Liban, et de l'huile de truffe mais pas trop truffée, et mon petit truc en plus, c'est que je rajoute du vinaigre de prune ». Chacun s'en donne à cœur joie avec les exploits de ses enfants, une gamine de douze ans a décroché son galop d'or de surf, un adolescent dévore Nietzsche aussi vite que des polars de Mary Higgins Clark, il adore ! Attendez qu'il fasse du trafic de veau élevé sous la mère ou de cigarettes électroniques, « rira bien qui vivra le dernier », comme disait Mamita. Ses trois filles attendrissent Anna par leur gentillesse. S'occuper des autres, Allegra en a fait sa profession, Félicité est la psy de toutes les filles de son collège et Joy, sans en toucher mot, a apporté à Derek la couverture dite « la plus douce du monde », son doudou de toujours. Il faut les payer pour qu'elles travaillent à l'école, mais elles ont le cœur sur la main, toujours un œil sur les chiens perdus sans collier, rendent visite à leur drôle de grand-mère chaque week-end, et il faut avoir un caractère bien trempé pour aller aux Acacias sans trembler.

Lorsque les filles étaient petites, Anna redoutait déjà ces conversations entre mères, serrées sur un banc au parc, à se geler les pieds et à opiner du bonnet péruvien en écoutant les douze travaux d'Hercule et d'Amandine. Elle se souvient de son envie de pousser des cris d'ennui, du poids de sa solitude, cernée d'êtres aux esprits maléfiques avec poussettes, dont la conversation consistait principalement à débiner les autres.

« Valérie, elle ne se rend pas compte que son fils est en train de devenir obèse », « Il faudrait que quelqu'un dise à Nathalie que sa nounou passe plus de temps sur son portable qu'à surveiller ses gamins », « Mais non, ce n'est pas un rat que tu as vu ma chérie, juste une petite souris comme dans *Ratatouille* ! » Enfermez des nullipares dans un jardin, de préférence un dimanche matin après une nuit courte et arrosée d'un condrieu délicieux et retors, laissez reposer une bonne heure, agitez avec deux ou trois mômes odieux et quelques mères dépassées – « Ta fille a voulu décapiter la mienne avec sa pelle », « Mais non, elle joue aux chevaliers, la preuve, elle avait son heaume et son casque ! » – et vous obtenez le taux de natalité de l'Allemagne. En guise de jardin public, lorsque les filles étaient petites, elle ouvrait grand la fenêtre de l'appartement en hiver, les postait devant, leur petite tête arrivait juste à la hauteur des géraniums que Peter entretient avec la même passion que la voiture décapotable léguée par son ami mort du sida : « Vous mettez votre manteau les filles, si tu ne veux pas mettre ton bonnet, ce n'est pas grave, et vous prenez l'air. Non, on ne rentre pas tout de suite, on vient d'arriver ! Oui, c'est une blague, on n'est pas partis. Non, ça ne vous empêche pas de respirer. » Ce concept n'était pas plus bête que le *quality time* inventé pour déculpabiliser les mères des années quatre-vingt, remplacé aujourd'hui par « le temps d'écran intelligent ».

– Quand je serai grande, je devrai aller voir une psy, lui avait affirmé Joy. Parce qu'on est les seuls enfants que je connais à n'avoir jamais été à Eurodisney.

– Ben, tu vois, tu n'as jamais parlé à Mickey, mais tu as de l'esprit, avait rétorqué Anna.

Fidèle à ses principes éducatifs, en guise de sortie familiale en forêt ce week-end, elle a envoyé ses filles chercher des bûches de Noël à la pâtisserie, et après, « en famille », elles ont regardé *Love Actually*. Anna avait juste oublié les scènes avec les acteurs de films pornographiques qui, à force de s'ennuyer tout nus, finissent par tomber chastement amoureux, alors dès qu'ils apparaissaient, elle se mettait à danser devant l'écran et ses filles rigolaient en lui disant qu'elle était folle, le porno, elles savaient bien ce que c'était.

– Vous en avez déjà vu ?

– Non, mais Arthur, René et Olympe, oui !

Elles avaient pleuré d'émotion ensemble lors de la scène finale où le garçonnet blond court dans l'aéroport pour déclarer sa passion à la petite chanteuse, Joy à qui on ne la fait pas arguait :

– C'est impossible qu'un enfant coure plus vite qu'un agent de sécurité.

Anna rétorquait :

– C'est parce qu'il a de l'arthrose.

Mais Joy – « N'importe quoi ! » – avait l'œil tout brillant de larmes. Le soir, lorsque les filles dormaient enfin, les téléphones sous clé après des négociations dignes des accords entre les deux Corées, leur mère était venue les embrasser. Parfois elle se glisse dans leur lit pour respirer l'odeur de leur peau, se serre contre ces chiots aux longues jambes en leur murmurant qu'elle les aime.

Sa mère ne lui disait jamais qu'elle l'aimait. Elle trouvait grotesque tous ces *I love you*, une pratique empruntée aux séries américaines, et estimait plus important de répéter à sa fille plusieurs fois par jour « on n'est pas des moutons ma minouchette ». Plutôt que des grandes déclarations, Nine lui apportait à 12 h 12, pour son anniversaire de douze ans – elle chérissait ce genre de détails –, après l'avoir exceptionnellement laissée rêvasser dans son lit, douze bougies plantées dans des tartines grillées, parce qu'elle adorait distordre la manière dont les gens font les choses, « les gâteaux c'est pour tout le monde », et puis ça l'arrangeait bien de ne pas se lever à l'aube pour cuisiner. Avec le recul, Anna peut dire que s'arranger avec la réalité, c'était la spécialité de sa mère, aussi sûrement que la sienne est de se la prendre en pleine figure. La cire dégoulinait dans le miel, s'y mélangeait, Anna trouvait ça un peu dégoûtant, mais elle riait avec le sentiment que, pour une fois, sa mère et elle partageaient la même émotion, n'avançaient pas sur deux rails parallèles, même à l'infini deux droites parallèles ne se rejoignent jamais, Anna l'avait appris en géométrie.

L'après-midi de cette journée d'anniversaire, Anna avait eu beau se rouler par terre chez Raoul Duval, le disquaire de la rue de Rennes, sa mère avait refusé toute négociation devant « Le téléphone pleure ».

– Ne compte pas sur moi pour donner un franc à ce sale type, un obsédé sexuel, il traite les femmes comme des objets.

– Mais si je l'achète avec mon argent de poche ?

– Pas comme des objets, comme des putains !

– Je te ferai dire que c'est mon argent.

– Tu n'es qu'une petite dinde, et d'abord, on ne dit pas « je te ferai dire ».

Les clients observaient la scène, curieux d'en connaître la gagnante. « Chacun son sale goût », affirmait souvent sa grand-mère Mamita dont le discours réservait un proverbe pour chaque occasion, mais n'avait pas dû le marteler assez souvent à sa fille, Nine refusait que sa fille ne partage pas ses goûts et ses couleurs tout en lui enseignant de n'en penser qu'à sa tête, Anna s'y perdait. Histoire de ne pas rester fâchées, c'était son anniversaire, Nine avait transigé devant Joe Dassin, « un intellectuel grec », lui avait offert le disque d'une femme prénommée Barbara et un jean en velours côtelé blanc, chez New Man. Nine disait non, Nine disait oui, Nine disait, Nine ne pouvait s'empêcher de dire, de tenir parfois des propos blessants que sa fille s'entraînait à ne pas entendre. À leur retour, elles avaient écouté ensemble Barbara sur la chaîne stéréo du salon, « elle chante avec des cailloux dans la bouche, ta Barbara », Anna la trouvait nulle, elle lui donnait envie de pleurer. Puis les invités étaient arrivés, des adultes avec seulement deux enfants même pas de son âge, un grand garçon, l'air furibard de celui qu'on a contraint à venir – les enfants des amis des parents, une des plaies de l'adolescence –, qui manifestait son ennui par un walkman vissé sur les oreilles, et un gringalet au sac à dos rempli de voitures. « Allez donc jouer ensemble ! » Ils étaient drôles les adultes. Anna avait soufflé ses bougies plantées sur un gâteau Savane cette fois-là, avait détesté l'ami de sa maman qui l'avait embrassée trois fois en la serrant trop fort dans ses bras, il ne la lâcherait donc jamais, et dans son étreinte, ses mains avaient dérapé des reins d'Anna à ses fesses, les caressaient en répétant « une vraie jeune fille ». Personne n'avait rien vu, l'ami faisait rire l'assemblée avec des blagues.

Anna était invisible au milieu du salon.

Est-ce que c'était grave ou pas ? Son sentiment d'être salie disparaîtrait-il si elle marchait jusqu'au Lion de Denfert ? Elle n'avait rien dit. Pas plus que de la main d'un monsieur inconnu celui-là, sur sa cuisse cette fois-là, elle était au cinéma avec Mamita qu'elle avait convaincue de l'emmener voir *Diabolo menthe*, Nine l'avait interdit, pas de son âge, mais sa grand-mère avait affirmé : « On dira qu'on est allées aux Galeries Farfouillettes. » Anna était désappointée par le film, Éléonore Klarwein était presque aussi décevante avec ses nattes et ses grandes chaussettes blanches que les héroïnes de *La Petite Maison dans la prairie* avec leurs robes de pauvresses ; elle ne jurait que par les « drôles de dames » à paillettes. Et tout à coup, cette enclume sur sa cuisse, et le monsieur regardait l'écran droit devant lui comme si cet animal remontant vers sa culotte ne lui appartenait pas, et Anna pensait qu'être une fille consistait donc à travailler deux fois plus que les garçons, recevoir une claque quand on annonçait qu'on avait ses règles parce que c'était la tradition et subir des mains sur son corps en silence. « Notre ventre nous appartient », elle avait souvent entendu Nine le répéter, mais les fesses et les cuisses appartenaient donc à tout le monde, elle avait si honte qu'elle n'avait pas trouvé les mots pour s'en plaindre.

Elle se sent idiote de ces souvenirs d'il y a mille ans ressurgissant alors qu'elle fait la queue au distributeur pour prendre de l'argent.

Gling, un message.

Tu vas bien ma poupée ?

Elle reconnaît à ce terme l'un de ses auteurs de toujours dont la prose classique était prisée au siècle dernier. Mais les lecteurs ont faim de chair fraîche, ses ventes se sont effondrées, la parution de chacun de ses romans est désormais un combat perdu d'avance en librairie. Naguère il a brillé, il n'a pas démérité, Anna n'imagine pas l'abandonner à une retraite au montant indigent même si la reconnaissance du bonhomme à son égard tend à vaciller. Qu'importe, il ne faut pas faire ces choses pour soi, mais pour les autres. La dernière fois qu'ils se sont croisés, les yeux écarquillés de myxomatose et les dents serrées, il l'avait presque agressée : « *Retour à Saint-Saturnin* ne rencontre pas son public, alors que, de l'aveu de tous mes lecteurs, je n'ai jamais écrit un livre aussi fédérateur, mais qu'est-ce que tu fous ? »

« Ma poupée » présage une humeur plus guillerette.

Je sors du bureau de ta nouvelle patronne, elle est charmante. Agrégée et belle, elle a tout pour elle.

Et pas sa langue dans sa poche, s'il savait, à la dernière réunion commerciale, elle a commenté les chiffres de vente du vieil auteur d'un surprenant : « Lui, il pue le pantalon en velours côtelé ! »

– *Je suis heureuse que votre rencontre se soit bien passée. Mais méfie-toi quand même ! Parfois, c'est un… phacochère.*

– *Mais non, elle m'a parlé de mon dernier livre avec beaucoup d'à-propos et elle adore mon projet de biographie d'Henri Calet.*

L'innocent ignore qu'il est un petit Maupassant.

– *Rappelle-moi à quel jury prestigieux tu appartiens ?*

– *Dis donc, tu n'es pas un peu rabat-joie, aujourd'hui ? Quand même, tout ce qu'elle touche, elle le transforme en succès !*

– *Tu as raison, dès qu'il y a un meurtre en France, le cadavre n'est pas encore froid qu'elle est déjà à la morgue pour faire signer un contrat à la mère de la victime. C'est un don.*

– Je ne te comprends pas. Rappelle-moi quand tu seras de meilleure humeur ma poupée fâchée, il faut qu'on parle de mon contrat, elle m'a dit que tu t'en occuperais.

Bien sûr, à la patronne de flatter, à elle d'annoncer le montant du prochain à-valoir réduit à pas grand-chose par la charognarde. Dans les années quatre-vingt-dix, à l'heure de gloire de l'écrivain suranné, Anna avait édité l'ouvrage d'une sociologue questionnant la manière dont les femmes exerceraient le pouvoir qu'elles étaient enfin en train de prendre, ces prétendues valeurs liées au genre, la douceur contre la force. Eh bien aujourd'hui, on sait.

Il y a foule devant le distributeur de la banque, « À croire qu'aujourd'hui, il nous le donne, l'argent ! » La voix est espiègle, le monsieur vêtu de la même veste en mouton retourné beige que son grand-père, le mari de Mamita, mort lorsqu'elle était enfant mais dont elle connaît chaque détail de la photo encadrée sur la commode du salon de la maison de Pont-Croix. Sa petite-fille n'a même pas eu le temps de lui trouver un surnom, Papy, Papito, il a succombé à une crise cardiaque en vérifiant les pneus de son vélo tout neuf avant de partir en excursion au pays bigouden. « C'était un malin. Son cœur a pris peur avant ses mollets », lui répète curieusement Mamita.

Sous la veste en mouton, une chemise fermée jusqu'au cou et amidonnée comme à la cour d'Angleterre éclaire le visage d'une blancheur de publicité. Le vieux monsieur élégant soulève sa casquette écossaise d'un autre âge pour lui céder sa place : « Honneur aux dames ! » Puis, avec un rire naissant dans la voix, il ajoute : « Mais vous ne prenez pas tout, vous m'en laissez un peu, d'argent ? » Et la blague illumine ses yeux minuscules. Anna le croise souvent, il doit s'ennuyer, il a l'air de passer ses journées à les perdre dans la rue, marche à tout petits pas comme s'il portait une jupe trop serrée, lançant des regards panoramiques en quête d'un retour, un vieil oisillon tombé de son nid découvrant la terre avec curiosité et volupté. Elle a envie de lui demander qui repasse ses chemises avec tant de méticulosité, elle n'ose pas, espère qu'il s'agit d'une gentille femme aux robes empesées plutôt que le teinturier du coin. Un jour, elle l'invitera à prendre un café. Le monde se divise entre les gens qui regardent les autres et ceux qui les ignorent, observait son ami Axel lorsqu'ils passaient des soirées entières à inventer des divisions du monde. Le monde se divise entre ceux qui ont des enfants et ceux qui n'en ont pas, entre ceux qui mettent leur slip sous leur pantalon et ceux qui le mettent dessus, ben oui, Superman, entre ceux qui ont lu *Un jour rêvé pour le poisson banane* et les autres... Levez vos yeux de votre nombril, enjoint Anna à ses filles, même si elle sait qu'à l'adolescence les histoires infimes et intimes valent des odyssées qui remplissent la vie entière. Regarder son prochain comme soi-même, ce n'est pas si bête comme conseil, les gens ont de la merde dans les yeux, cultiver le goût des autres, qui ne vous ressemblent pas, d'un avis, d'un milieu, d'une génération différente. L'entre-soi dessèche. D'ailleurs, les enfants n'ont pas peur des vieux, eux. Aux Acacias, le dimanche, Joy compte les taches brunes sur les mains de sa grand-mère sans savoir qu'elles conduisent au cimetière, curieuse de cette décrépitude. « Ces fils électriques sur tes mollets, ça te fait mal ? Ça existait les films pornographiques quand tu étais jeune ? Et quand tu avais mon âge, tu écoutais quoi comme musique ? » Avec sa petite-fille, Nine après n'avoir juré sa vie durant que par les mélodies de Paul McCartney et les paroles de Barbara s'était mise à écouter Lomepal. Et hop, quand elle avait un soubresaut de conscience, à sa fille sceptique, elle lançait : « Écouter de la musique de vieux, ça stigmatise ! » Mais le dimanche après-midi, aux Acacias, un orchestre bénévole hurlait « Les lacs du Connemara ».

– Ce n'est pas un peu fort ? s'enquerrait Anna.

– Mais ils sont tous sourds !

Les couloirs des Acacias ne sont pas encombrés de jeunes venus tenir la cuillère en plastique de leurs grands-parents. Leur nombre lui semble inversement proportionnel à celui des romanciers souhaitant écrire sur leur mémé, papy, bon-papa, ces « personnages magnifiques ». Et Anna doit payer des billets de train pour qu'ils aillent enquêter sur les lieux où ils ont vécu, des congés sabbatiques, « Tu comprends, il vient de loin, ce livre, faut que j'aille le chercher au plus profond de moi. C'est violent, je ne peux pas travailler en même temps. » La prochaine fois qu'un auteur frappera son cœur en montrant ses entrailles pour parler de son cher aïeul, Anna lui demandera combien de fois il est allé le voir sur son lit de douleur, avant de sortir son chéquier pour lui signer un contrat et des notes de frais.

Les vieux, on les aime quand ils sont morts. Avant, on les planque, des fois qu'ils seraient contagieux.

À qui s'identifier ? À la mère de Kim Kardashian ? Quel modèle ? Gena Rowlands et son visage magnifique et défait a laissé sa place d'icône à Jane Fonda et sa chirurgie plastique, chacune son genre. Durant les deux premiers épisodes de la série *The Undoing*, Anna n'a pu regarder rien d'autre que le visage de Nicole Kidman dénué de rides et d'expressions. Ses yeux écarquillés interdisaient à ses paupières de battre, ses lèvres parfaites l'empêchaient de sourire, elle était captivante d'une beauté de paralysée, du troisième type. À côté d'elle, on aurait cru que Hugh Grant portait un masque de vieillard de Halloween. Sa fascination passée, Anna s'est demandé comment son cerveau avait été programmé pour qu'un scénariste lui mette d'emblée sous les yeux un homme coupable, menteur, avec un mobile et pas d'alibi, et qu'elle passe pourtant quatre épisodes à se persuader qu'il n'était pas le meurtrier, accusant à sa place une amie blonde ou un père aimant. Aucun spectateur ne pouvait raisonnablement imaginer Hugh Grant coupable ? Elle s'était dit que les policiers devaient penser ainsi lorsqu'une jeune femme anonyme venait porter plainte contre un acteur ou un metteur en scène célèbre, et elle s'en était presque voulu d'avoir innocenté Hugh Grant. Pas tous les hommes, comme on dit. Et pourtant, toutes les femmes…

La nuit, quand elle ne dort pas, elle fait des listes de modèles, Mona Ozouf, Laure Adler, Françoise Fabian, Marie-Laure de Decker, Jane Campion, Fanny Ardant, Emma Thompson.

Un garçon la siffle, il ressemble à Robert Downey Jr à qui elle a toujours trouvé un charme, il n'a pas dû entendre parler de #metoo, ignore qu'elle a une méduse derrière le genou dont les méandres violets feraient la joie d'un phlébologue, une fille plus grande qu'elle avec un truc important à lui annoncer et, toujours, un chapon à chasser.

– Allez, je vous offre un café ?

Une bouteille à la mare, un sparadrap sur sa jambe de bois, pourquoi pas ? Elle se demande si trouver consolant d'être draguée par un jeune gars souriant à l'air pas méchant, juste le genre à tenter le coup, et parfois ça doit marcher, la propulse immédiatement dans le camp des défenseurs de la culture du viol. Il n'y a plus de saisons, il n'y a plus de raison, il n'y a plus de nuances, très vingtième siècle comme sentiment. Le harcèlement de rue, c'est odieux, qu'ils aillent voir en prison si elle y est, ces frotteurs dans le métro, ces gars qui la collent le soir sur le trottoir. Mais ce jeunot au demi-sourire est-il bon à jeter aux chiens avec eux ? Ce n'est pas le droit d'être importunées qu'il faut réclamer, quel oxymore à coucher dehors, mais celui de relations civilisées, éduquées, les garçons ont le droit de siffler comme des merles et les filles de faire la biche ou dire non, et les garçons doivent entendre non, pas peut-être, sans doute, pourquoi pas, non, mais les filles ont le droit de dire oui aussi. Une hirondelle fait parfois le printemps et ce petit merle lui siffle qu'elle peut faire encore la blague.

« Les hommes, il faut leur nuire », lui a déclaré sérieusement Allegra lors d'une conversation tendue. Anna a sorti ses classiques, les mots de Gisèle Halimi sur le féminisme, cette révolution pas comme les autres dans laquelle on n'abattait pas un ennemi mais on devait changer un système qui maltraitait les femmes, leur refusait leur place. La révolution ne serait pas gagnée le jour où elles se baladeraient avec des piquets surmontés de la tête de ces porcs mais où elles auraient réussi à les convaincre de changer la société avec elles. Or non, Allegra veut faire rendre gorge aux hommes, point final.

Sa mère méprisait les hommes, sa fille ne leur laisse rien passer, Anna a grandi entre les deux, ce ventre mou entre les historiques et #metoo, où les actrices, les autrices, les vedettes affirmaient : « Je suis féministe MAIS je n'aime pas trop ce mot, mais évidemment que je suis favorable aux combats des femmes. » Il n'y a plus de « mais » pour Allegra, elle est violente. Et sa mère se dit que sa fille a peut-être raison, sa génération s'est usée à demander gentiment le droit d'exister, travailler plus qu'un homme, être payée moins, en faire toujours plus, se faire voler sa promotion par des gars unis par des serments devant la machine à café, oublier d'être aimable avec son mari et en payer l'addition, endurer toutes ces mains et ces insultes sur son corps, les filles d'aujourd'hui disent microagressions, et ce mot résonne étrangement aux oreilles d'Anna, c'était donc ça ? Allegra a aussi annoncé à sa mère qu'elle ne lisait plus que des autrices. Le monde de son enfance se divisait entre les adultes et les enfants, séparés par un mur invisible, il se diviserait donc aujourd'hui entre les hommes et les femmes, séparés par une frontière infranchissable.

Et si elle disait oui pour une heure à Robert Downey Jr, deviendrait-elle une mal-baisée, une vieille s'offrant un dernier frisson, une collabo de ces mâles à abattre ? Elle pense à *Vendredi soir*, le roman d'Emmanuelle Bernheim auquel elle n'avait rien compris, elle avait quel âge quand elle l'a lu, trente ans ? Une femme montait dans un hôtel avec un inconnu et Anna l'avait trouvée folle. Mais plus on avance en âge, et plus on consent à rétrécir le temps entre le premier regard et le premier baiser avec la langue. Et elle se demande aujourd'hui quelle sensation lui procureraient des caresses inconnues sur sa peau nue. Mais non, ça c'est dans le roman, et de toute façon elle n'a pas le temps. Vieillir, c'est apprendre à perdre, tout à coup l'élan matinal disparaît, elle a l'impression d'être à terre et qu'on lui écrase la tête avec de grosses godasses. Elle dit : « Non désolée », le gars s'en va siffler une autre, elle ne se fait pas d'illusions.

Alors qu'elle va ranger son portable au fond de la poche de son manteau, cœur cœur cœur, Louison.

Suis dans le RER vers le prieuré du chanteur. C'est quoi cette histoire de Troisième Guerre mondiale ?

– Trop long pour que je te raconte. De toute façon, aujourd'hui, tout va mal. Ce matin, je me suis regardée dans la glace, et tu sais quoi, j'ai vu la tête de ma mère !

– Veinarde, moi, quand je ne suis pas encore maquillée, je vois la tête de mon père ! Sa grosse bouche et ses yeux qui tombent ! La semaine dernière, entre deux rendez-vous, je suis entrée à l'Institut du regard pour me faire poser des faux cils, genre œil de biche au réveil, la fille n'a même pas voulu sortir son matos : « Avec vos paupières tombantes, on ne verra rien ! » Tu es où ?

– Je suis avec Robert Downey Jr.

– Allô la Lune, ici la Terre. J'arrive en volant ou j'appelle les flics ?

– *Ici la Lune !*

– *Ah quand même, je commençais à m'inquiéter mon hortensia. On picole ce soir vers 19 heures pour que tu me racontes tout ?*

– *OK pour une cirrhose !*

Ragaillardie, elle attend que le feu passe au rouge. À côté d'elle, un jeune homme parle à son portable. « Elle était smart, Joséphine. Jamais tu n'aurais pu imaginer que je l'avais pécho sur Tinder. Smart et classe. Et là tout à coup au dessert, elle part en transe pour parler du gars qui présente le JT, tu sais le beau gosse avec plein de cheveux. Déception. De toute façon, elle était grosse, la meuf ! »

Tiens, où a-t-elle lu cela ? Une chirurgienne plastique expliquait qu'une femme très mince avec des gros seins, ça n'existait que dans quelques accidents génétiques, une chanceuse sur des centaines de milliers, un peu comme mesurer un mètre cinquante et chausser du 44. Alors les femmes dotées d'une forte poitrine devaient s'affamer, et les menues passer sur sa table d'opération pour correspondre à ce modèle de beauté impossible. Sans doute en avait-elle assez de poser des implants d'origine douteuse, elle était en colère : « On impose aux femmes de ressembler à un corps qui n'existe pas ! »

Elle se demande si elle n'aurait pas dû dire oui à Robert Downey Jr, juste pour voir. Pour se consoler, elle retourne au Baudelaire, se rassied à la table où Bérangère au lasso perdu et le général Dourakine poursuivent leur conversation surréaliste, et commande un gin-tonic. Léger étonnement de Jean-Claude qui lance un regard interrogatif au patron, comme s'il voulait la protéger de ses démons. Derrière son comptoir, le patron hoche la tête, donne son autorisation, sert un verre qu'elle boit tout doucement. Elle comprend pourquoi on dit un remontant : elle remonte. Qu'est-ce qui lui prend de noyer son chagrin dans un gin-tonic avec des égarés avant même l'heure de l'apéritif ? Tout le monde doit la regarder. Mais non, personne ne la regarde, elle compte pour du beurre. Elle pourrait se mettre une plume dans le cul et un soutien-gorge en peau de lapin, elle serait invisible. Yann Moix a raison.

Bérangère et Dourakine, c'est ma tournée. Gin-tonic pour tout le monde. Heureusement que les Mamanours sont parties préparer le déjeuner de leur descendance, la cantine c'est dégueulasse, des pâtes ou des frites et jamais de légumes, sinon, elle était bonne pour un signalement à la DDASS. Et le chapon est au point mort.

L'animal peut attendre, elle ira chez le coiffeur, se faire une frange. Une frange pour se cacher, les rides sur son front lui donnent l'air maussade même quand elle est gaie, à moins que ce soit la faute à son hygiène de vie, hâte de rencontrer la ménopausée joyeuse. La vieillesse n'a pas seulement attaqué son visage, mais sa personnalité. Son éclat s'est noyé tel un chaton dans l'eau glacée.

Sur un mur de la rue, de grosses lettres écrites à la peinture noire : « Devenez riche, lisez des livres. » Quelques mètres plus loin une affiche proclame : « Remplacez le capitalisme par une bonne sieste », signé « Le Grand Soulagement ». Ces mots l'enchantent. Le trajet qui la conduit au salon de coiffure du quartier suffit à lui faire passer ses fantasmes de frange ou de coupes à la Jean Seberg, ce n'est pas un jour pour faire sa maligne ou des expériences, elle demande seulement à planquer ses racines blanches. L'exquis patron l'accueille avec un enthousiasme un brin démesuré. Par un malentendu ou une méconnaissance, il est persuadé qu'Anna édite Amélie Nothomb, son idole, et comme cela a l'air de lui faire très plaisir, Anna ne juge pas utile de le détromper. Une minuscule mamie au visage de reinette ratatinée venue pour sa permanente mensuelle lui laisse sa place avec un sourire doucement triste, « Ce n'est pas grave, vous travaillez sûrement, moi je suis retraitée, personne ne m'attend. » Une fille à la somptueuse crinière frisée voudrait savoir combien coûtent des cheveux lisses, elle lui fait penser à Barbra Streisand quittée par Robert Redford dans *The Way We Were* pour une fille aux boucles disciplinées. Il lui disait quelque chose du genre : « Toi, tu as trop de cheveux. » Les cheveux fous effraient les hommes. Elle a envie d'écouter « Memory », on pense à tort que la joie soigne la peine alors que seule la mélancolie console, moins par moins donne plus, c'est mathématique. Une apprentie à l'accent du Midi, allure exquise d'héroïne de manga, jupette, coupe au carré et yeux ronds, lui applique sa couleur, à côté d'elle un monsieur s'endort malgré le bruit de la tondeuse, pas loin, des clientes aux reflets mauves commentent les pages de *Gala*, dont Anna a l'impression que Céline Dion fait la couverture, chaque semaine, en majesté.

– Elle peut être fière de ses garçons, Céline.

– Elle s'est bien occupée de son mari, il était pas tout jeune, René, elle a droit à une nouvelle vie.

– Elle pourrait quand même leur faire couper les cheveux aux petits, là, on ne les voit plus.

– Et pis, faudrait qu'elle mange un peu plus, elle va finir par disparaître, non ?

– Moi j'aime pas tellement son nouveau style, on dirait toujours qu'elle va à un bal costumé, je préférais quand elle était habillée comme Sylvie Vartan. Sylvie, voilà une femme qui avait la classe. Et son mari Tony aussi, on parle toujours de Johnny mais les journaleux, ils oublient Tony, combien de temps ça fait qu'ils sont ensemble ? C'est pas fréquent dans le show business... Aujourd'hui, les chanteuses, elles sont toutes habillées comme des as de pique, regarde la petite Jennifer, je l'aime bien mais elle manque d'élégance, toujours des robes plus longues devant que derrière, et une seule manche à sa chemise.

– C'est asymétrique !

– Oui mais c'est bizarre, ça godaille !

L'apprentie, « Florantine avec un A », détaille les quatre-vingts albums de manga stockés dans son portable, parle d'une curieuse manière, termine chaque mot par « ance », comme si elle voulait faire rimer toutes ses phrases avec espérance. « Les filles dans *One Piece* sont d'une vaillance et d'une ravissance... Vos cheveux, là, vous allez voir, ils vont être d'une grande brillance et d'une magnificence... C'est vrai que Céline, depuis la mort de René, elle a un drôle de genre. Cette combinaison vert pomme, vous en pensez quoi vous qui êtes dans la mode ? »

Oui, oui, elle travaille dans la mode avec Amélie Nothomb, elle s'applique à répondre : « Est-ce que cette extravagance ne serait pas un moyen de se donner une nouvelle contenance, de marquer son indépendance ? » Florantine en est toute retournée : « J'y aurais pas pensé, mais c'est exactement ça. On voit que vous travaillez dans la mode, vous. » Bingo, Anna a gagné le droit de se taire, bercée par les conversations de ses voisines, « tu crois qu'elle est avec son danseur, Céline ? », de tourner les pages de *Gala*... Mais qui sont ces vedettes présentant à leurs fans « leur bébé de l'amour », offrant le spectacle du « bonheur retrouvé » ? Ça fait un bail qu'elle ne connaît plus personne dans *Voici*, voilà qu'elle est même trop vieille pour *Gala*.

Gling. Message de Séraphine, la seule amie à qui elle a confié son tourment ce matin. Séraphine est la sœur qu'Anna s'est choisie lorsqu'elle était petite fille. « Ça sent la famille chez elle », avait affirmé Anna à sa mère qui l'avait aussitôt raillée, « Dis plutôt que ça sent la soupe ! » Depuis toujours, Séraphine trouvait les mots pour consoler Anna ; à l'inverse de Nine, elle croyait qu'un rien était grave, mais elle avait aussi le pouvoir de remettre ce rien à sa juste place. Elle était sage et délicate, drôle et profonde. Elle ne s'arrêtait jamais aux événements mais cherchait toujours le coup d'avance. Elle était la seule qui savait. Le secret d'Anna et sa fragilité. Depuis le temps, elle avait appris à briser ses digues, en douce.

Tu vas mieux ? Le coup est rude, tu vas l'encaisser et après je ne vois que des jours meilleurs. N'oublie pas que ce n'est pas ta faute. Tu vivais en surrégime, cette histoire va te permettre de remettre ta vie à plat, tu vas voir. Je vais au Monoprix, je t'appelle quand je sors, on prend un verre ce soir ?

– D'accord pour un verre, file au Monoprix, on n'est jamais déçu…

« On laisse poser une demi-heure », annonce Florantine avec un A, l'abandonnant à ce moment délicat pour l'ego, le visage sortant d'un peignoir en papier et bordé de teinture noire. Elle s'observe, elle ressemble à Linda de Suza que les moins de trente ans ne peuvent pas connaître. Elle devrait peut-être couper ses cheveux, faire du neuf avec du vieux.

Quand elle avait vingt ans, les magazines féminins recommandaient d'adopter une coupe courte à quarante ans, « sinon, ça faisait sorcière ». Même Catherine Deneuve, les plus beaux cheveux du monde, avait suivi ce précepte. Il y a longtemps, comme une répétition générale, et puis parce qu'elle cherchait à changer quelque chose dans sa vie et qu'elle ne trouvait pas quoi, elle s'était fait la tête de Jean Seberg. Ses cheveux descendaient jusqu'au milieu de son dos, dans le salon de la rue de Sèvres la coiffeuse hésitait, elle lui avait tâté la tête pendant plusieurs minutes pour savoir si son crâne ne cachait pas un vice caché risquant d'exploser au plein jour, elle avait aiguisé ses ciseaux pendant encore plusieurs minutes en l'interrogeant : « Vous êtes bien sûre de vous, bon alors tournez-vous, dos au miroir. » Deux heures plus tard, Anna était une autre.

Ce soir-là, elle avait rendez-vous pour dîner avec un ami d'adolescence, Luc, ils avaient quoi, la trentaine, Anna connaissait cet homme depuis suffisamment longtemps pour savoir qu'il ne réservait pas de mauvaises surprises et peut-être de bonnes si elle l'embrassait, elle pourrait même l'aimer, le compte serait bon dans les dîners entre copains et ils ne se rendraient plus seuls aux mariages tels d'éternels retardataires. Cela ressemblerait à épouser des Ugg fourrées, l'assurance d'une vie confortablement souriante après des années à s'être laissé choisir par des types qui prenaient leurs désirs pour les siens. On ne parlait que du grand bug de l'an 2000 et Anna s'était inventé un petit film avec ce garçon, se voyait aborder ce chiffre rond dans ses bras, pourquoi pas ?

Luc respirait l'équilibre à plein nez, possédait un charme un peu bidasse, ses blagues la faisaient s'esclaffer avec un martini, mais elle se demandait si elle rirait devant un nescafé. Au restaurant, il était passé une première fois devant la table où elle était assise, sans la reconnaître, avait fait le tour de la salle, était revenu le regard interrogatif avec plein de petits « oh » surpris et de petits « ah super », se pouvait-il que ses cheveux courts aient saboté la soirée ? Les histoires d'amour ne sont pas affaire de grands sentiments mais sont à la merci d'un détail minuscule. « Mes parents habitent en Normandie, j'adore », racontait-il, mais Anna les colombages lui flanquaient le cafard, elle avait toujours détesté Deauville, alors peut-être que lui, les cheveux courts le déprimaient, qu'ils lui rappelaient son affreuse professeure de physique-chimie en terminale ? Dès l'apéritif, la conversation était minée par un léger embarras, les phrases s'enchaînaient difficilement, elle ne ressentait plus du tout cette évidence lui ayant fait envisager autre chose que cette relation rieuse. Il aurait fallu s'embrasser avant le dîner, comme dans *Manhattan* de Woody Allen, prendre de court les hésitations, un petit séjour dans les bras l'un de l'autre sur le seuil du restaurant, c'était fait, ils auraient dîné en toute sérénité, Anna aurait dévoré son pain et son beurre avec l'appétit d'un routier, il aurait fait des blagues drôles. D'autant qu'à cette époque, à la fin du siècle dernier, on avait encore le droit d'aimer Woody Allen, c'était presque un devoir, il fallait être un original pour ne pas aller voir ses films tournés avec la régularité d'un métronome. On ne disait même pas les titres : « Tu es allée voir le dernier Woody Allen ? » Apprendre à détester ce qu'on a adoré. Sur le mur de sa chambre de l'appartement rue de la Glacière, un poster de David Hamilton, offert par une amie de sa mère en tout bien tout honneur, était punaisé à côté d'une photo d'*Annie Hall*, achetée dans une galerie des Champs-Élysées ; Anna était passée sans transition de l'adoration pour les Claudettes à une fascination pour Diane Keaton, un trimestre entier avec une cravate à pois autour du cou. Tout est réversible. Elle vieillit et doit refourguer ses souvenirs à la brigade des mœurs. David Hamilton était un salopard et la vie une belle salope. Pour en avoir le cœur net, Anna avait lu les mémoires de Woody Allen avec l'attention que l'on porte à un document compromettant, ce réalisateur de si beaux films était-il lui aussi un salopard ? Il lui semblait bien que non. Patrick Poivre d'Arvor faisait la pluie et le beau temps au journal de 20 heures, Nicolas Hulot des shampooings dans des bouteilles en plastique dont personne ne s'offusquait, ces gendres idéaux ravissaient les ménagères de moins de cinquante ans et faisaient les couvertures des magazines. Qui savait ? Combien de temps une société met-elle pour accepter de regarder l'atrocité en face ? Combien d'années se sont-elles écoulées entre *L'Inceste* et *Le Voyage dans l'Est* de Christine Angot ? Il aura fallu que paraisse *La Familia grande* de Camille Kouchner pour que ce que Christine Angot écrivait noir sur blanc vingt-deux ans auparavant suscite enfin l'effroi.

Dans la voiture, alors que Luc la raccompagnait chez elle, Anna pensait que s'il l'embrassait elle ne dirait pas non. À quelques encablures de l'an 2000, les filles rêvaient encore de princes charmants, mais eux étaient plutôt du genre à prendre la fuite sur leur cheval blanc. Et bien sûr, à qui la faute ? « Ces femmes qui font peur aux hommes », titrait *Elle* aux pages remplies jusqu'à la gueule de mannequins habillées de tailleurs-pantalons aux épaules carrées. Bridget Jones régnait en sainte patronne des célibataires qui avaient trimé pour réussir des études, décroché un boulot « épanouissant » et n'avaient pas compté leurs amants pour rentabiliser leur pilule troisième génération – Diane non remboursée par la Sécurité sociale qui ne s'appelait pas encore Ameli, Diane accusée aujourd'hui de tous les maux, la médecine est réversible également. Elles avaient couché avec Vincent, François, Paul et les autres jusqu'à ce qu'une petite cloche sonne la fin de la récréation, médecins, médias et maman lors du poulet du dimanche leur agitaient sous le nez un nouveau concept baptisé « horloge biologique ». Allez les superwomen, il est temps de se reproduire sous peine de se voir transformées en vieilles filles.

Anna, Séraphine, Louison, Sunshine avaient appartenu à la génération « célibattante », coincée entre la révolution de 1968 – où chacune trouvait couvercle à son pot, comme disait sa grand-mère, sa mère trouvait même beaucoup de couvercles – et la révolution des années 2000 transformant les relations entre les genres et jusqu'au genre lui-même. Les féministes avaient brûlé leurs soutiens-gorge en 1968, les jeunes filles des années #metoo avaient jeté définitivement le leur pendant le premier confinement, entre les deux, Anna et ses sœurs claquaient des fortunes dans une collection de Wonderbra, « regardez-moi dans les yeux », pour faire pigeonner leur décolleté à la recherche d'un oiseau rare. Les filles d'aujourd'hui ne voient plus que le pire dans le mariage, mais la génération préhistorique d'Anna, ces innocentes, rêvaient non plus déjà de convoler, ou alors juste à la mairie avec une robe pas vraiment blanche signée Lolita Lempicka et quelques biscuits apéritifs bourrés de gluten, mais seulement de rencontrer un gars qui ne prendrait pas l'air offensé lorsqu'elles lui proposeraient de laisser une brosse à dents dans leur salle de bains, de copuler, de cohabiter, voire de coproduire un enfant, juste pour le meilleur.

À l'aube de l'an 2000, les hommes étaient effarouchés. Prenaient leurs jambes à leur cou dès qu'ils entendaient le mot « engagement » murmuré par une de ces dangereuses prédatrices gavées de crème glacée Häagen-Dazs, seules devant la télévision à se lamenter sur leurs cuissots. Parce que forcément, c'était à cause de leurs kilos et de leur cerveau en trop si elles n'avaient pas décroché le gros lot. Tous les garçons s'appelaient Darcy, Bridget et ses cousines new-yorkaises de *Sex and the City* faisaient les gros titres du *Nouvel Observateur*, mises à nu par des sociologues à moustache cherchant quels vices elles cachaient pour ne pas réussir à trouver un garçon à leurs pieds. Le marché était juteux, on distribuait quasi des sex-toys à la sortie des églises tout en murmurant aux esseulées : « Abaissez vos prétentions les diplômées, regardez donc d'un œil neuf les crapauds cachant peut-être des CV de prince charmant. » En gros, ne faites pas vos difficiles. Anna fêtait ses trente ans et toute l'époque lui chuchotait à l'oreille : quand est-ce que tu nous présentes un garçon ?

Par quel renversement bizarre de la situation, vingt ans plus tard, les garçons dévorent-ils des pizzas livrées par Uber Eats en pleurant des fiancées aux abonnées absentes ?

Allegra, la fille aînée d'Anna, la trouve idiote Bridget Jones. Allegra a brisé le cœur de trois Arthur, d'un Abel et d'un Jules, grand gaillard passé tout près de la beauté, il eût été splendide s'il avait eu une bouche en place de cette rayure imperceptible. Mais il était intelligent et drôle, intègre et généreux, Anna n'avait pas compté ses heures à consoler le malheureux, elle s'était attachée à ce garçon qui, lorsque sa fille aînée entrait dans une pièce, était pénétré de l'air extatique de qui a vu une apparition. Au fur et à mesure de leur liaison, il avait abaissé ses prétentions, il avait désiré se marier, puis juste un enfant, puis juste partager un appartement, puis juste un canapé, enfin seulement devenir l'ombre de son ombre.

– Il n'a aucun droit sur moi, pour qui il se prend Cro-Magnon ! affirmait Allegra lorsque sa mère tentait de plaider la cause de Jules.

– C'est juste que tu ne l'aimes sans doute pas.

Allegra regardait sa mère comme si elle était aussi vieille que la princesse de Clèves :

– C'est juste que j'ai mieux à faire que border ce fils de pangolin !

La jeune femme passait ses samedis à fabriquer des banderoles pour les manifestations du dimanche, quand Jules l'implorait d'aller chez Ikea chercher un tapis, « un truc un peu sympa ». Inconsciemment, Anna avait fini par s'adresser à lui comme s'il souffrait d'une grave maladie. Félicité et Joy l'adoraient, Peter aussi, ils regardaient ensemble les matchs de rugby le dimanche après-midi, Allegra s'agaçait. Ils partageaient à peine un studio à l'austérité cistercienne et sans tapis, mais fréquentaient chaque semaine un thérapeute conjugal, Brian Proust, dont le seul nom faisait hurler de rire Anna et s'emporter Allegra : « Ce que tu peux être snob, maman ! » Mais Brian Proust avait déclaré forfait devant le couple en gestation : « Vos chemins de vie sont contradictoires. »

Anna, cette mère préhistorique qui rêve que sa fille lui annonce qu'ils se sont remis ensemble, lui envoie un message :

Mon trésor, tu viens dîner avec Jules ce soir ?
– Non, pourquoi ?

Gling, un message du groupe « 25 ans déjà », les alertes différentes des textos, infos, mails, messages ont fini par lui donner l'oreille absolue. WhatsApp est pire qu'un fil à la patte avec ses groupes, travail, famille, boulot, ses sous-groupes, week-end, vacances, cadeau commun, supermothers, dîner du 8 décembre... Si on ne répond pas illico, on crée des malentendus et des drames. Les anciennes du lycée privé catholique Le Château, anciennes comme « nos anciens » de l'Ehpad, fêteront l'anniversaire de leur bac l'année prochaine. Anna ne s'est jamais rendue à aucun dîner de promotion, guère envie de rencontrer les fantômes de son adolescence, ni de croiser aucun revenant lié à ses antécédents à vrai dire, à croire qu'elle a passé sa vie en perdition et qu'elle en fuit les témoins. La nostalgie de sa jeunesse lui est étrangère, elle regrette juste sa peau lisse et bien tendue. C'est bizarre, quand on y pense, ce regret éternel pour quelques années, la jeunesse est si éphémère et on passe le reste de son existence à courir après.

La curiosité la titille cependant, à quoi ressemble l'existence de toutes ses amies de lycée ? Qu'est-elle devenue Capucine Risi ? Cette téméraire s'était percé les oreilles toute seule d'une aiguille noircie à la flamme d'une bougie, un glaçon collé derrière le lobe. Stéphanie a-t-elle épousé son petit ami à la saharienne beige ? Qui se cache derrière Virginie Duluc ? Virginie Lièvre qui voulait devenir la première femme présidente de la République ? Les anciennes postent des « Présente », difficile de les reconnaître sur la photo nichée dans le petit rond de WhatsApp, d'autant qu'elles ont parfois changé de nom pour adopter celui de leur mari, Anna n'a jamais voulu, elle a été si peu la fille de son père qu'elle aurait eu l'impression de trancher d'un coup de ciseaux l'élastique qui les relie encore lorsqu'elle tire dessus. Il est parti vivre dans la Drôme provençale avec sa deuxième épouse que Nine appelle « la drôle provençale », a eu d'autres enfants dont Anna espère qu'il s'est occupé mieux que de petits paquets, et quand elle recevait des photos d'eux, l'un perché sur un âne, l'autre au milieu d'un champ de fleurs, et qu'elle ne pouvait s'empêcher de les montrer à sa mère, Nine se moquait avec son air mauvais, « regarde-moi ces santons ». Parfois, elle appelle son père toujours chéri au bout de son petit élastique mais ils ne savent pas bien quoi se dire. C'est gênant.

Anna fait défiler les messages, la directrice du Château fera l'honneur de sa présence, le professeur de maths super gentil qui notait sur 25 pour faire gagner des points, aussi, ainsi que sœur Marie-Denise. Un curieux message retient son attention : « Si sœur Marie-Denise est là, je ne viens pas », suivi de « Moi non plus », certaines anciennes élèves ont posté des smileys interrogatifs sans obtenir de réponse. Sœur Marie-Denise, la professeure de français-latin-grec, on disait toujours les trois à la fois comme s'il s'agissait d'une unique matière, éveille un vague souvenir lié à Stéphanie.

« On rince », la coiffeuse interrompt le fil de ses pensées du passé.

La tête renversée dans le bac à shampooing, impossible d'échapper au discours de sa voisine dont les branches de lunettes sont recouvertes d'un plastique transparent, c'est tout ce qu'aperçoit Anna en essayant de tourner la tête discrètement. « Mon mari est parti avec la directrice de sa société. Je n'ai rien vu venir... Leur aventure durait depuis deux ans... J'ai demandé le divorce... Mon mari ne comprend même pas le problème puisqu'il m'aime toujours... Mon avocat m'a dit que j'avais droit à une prestation compensatoire, vous savez ce que c'est ?... Je cherche un Club Med avec un baby-club pour les vacances de Noël... Depuis qu'on est séparés, je cours vingt kilomètres tous les matins... J'ai perdu dix kilos... Je me sens super mieux... Je peux aller fumer une cigarette dehors ? »

« Je vous fais un masque pour cheveux secs, ça va leur faire du bien à ces méchantes pointes, les coquines, elles vous en font voir ! C'est pas joli-joli. On laisse poser dix minutes. »

Sa voisine de bac revient, débarrassée de sa teinture brune elle est très jolie malgré son parfum de vieux cendrier. Elles sont assises côte à côte devant le miroir, deux femmes attendant leur brushing, Florantine préfère dire « coiffage », dans une ambiance de veillée funèbre.

– Pas trop *Amour, gloire et beauté* le brushing ! précise Anna.

La coiffeuse semble légèrement contrariée :

– Je vous décolle quand même les racines ? Parce que les cheveux plats, ça va faire queue de vache...

– Vous faites du running vous ? interroge la voisine.

Dieu l'en préserve, elle n'en est pas là.

– Non, pas de jogging.

Et ce mot démodé a l'air de causer une grande peine à sa voisine.

À quelques fauteuils de là, Céline Dion est rhabillée pour l'hiver, passée de Sylvie Vartan à travelo chez Michou, dans le vacarme des séchoirs, les petites vieilles débinent maintenant toutes les vedettes de *Gala* avec cette appétence qu'ont les femmes à critiquer leurs semblables. Ça y est, Anna a les boucles de Sue Ellen dans *Dallas*, et sa voisine poursuit son monologue :

– Pour le running, il faut de bonnes chaussures, en dessous de deux cents euros on s'abîme les genoux, bonjour les dégâts.

Anna est à court de platitudes, un message la tire d'embarras, des smileys en veux-tu en voilà, une guirlande multicolore de Pères Noël et de sapins clignote.

Est-ce que tu vas venir pour Noël, il faut que je trouve des cadeaux pour tes filles, un déguisement ? Et toi, que voudrais-tu que le Papa Noël t'apporte cette année ?

Nine avait une passion pour Noël, dès septembre elle se lançait dans des investigations qu'elle pensait mystérieuses, « Tu l'aimes ce jeu ? », bouclait ses emplettes avant la Toussaint, cachait les cadeaux dans des endroits saugrenus plutôt que sagement dans les chaussures le 25 décembre, toujours cette manie de ne rien faire comme tout le monde, puis elle oubliait et Anna passait sa journée de Noël à jouer à cache-tampon dans toute la maison.

– *Bien sûr que je viendrai ma petite maman chérie.*

Noël aux Acacias, elle parie sur Tino Rossi en fond très sonore, des soignantes en bonnet rouge, des bouquets de gui accrochés aux perfusions et la misère qui saute encore plus aux yeux.

Voilà, elle est dotée d'un brushing de compétition internationale, affirme « parfait, merci » avec cette incapacité à exprimer son avis à une personne qu'elle risquerait de froisser, songe qu'elle devra repasser chez elle avant le déjeuner, terrasser ces boucles qui lui donnent l'air d'une dame.

Dehors, la lumière l'éblouit un peu. Elle tombe nez à nez avec cette affiche publicitaire placardée dans tout Paris, une belle femme qui n'a plus vingt ans mais de longs cheveux gris et un ventre gondolé pose en culotte et soutien-gorge. Lutter contre l'invisibilité des quinquagénaires aux corps de quinquagénaires, bien sûr qu'elle approuve, mais pourquoi cette femme est-elle photographiée dans un pré, comme si c'était normal de s'y balader en sous-vêtements ?

Quelques mètres plus loin, elle croise Philippe, l'ancien directeur de la fabrication de la maison d'édition, avec qui elle a longtemps si bien travaillé. L'année dernière, il a démissionné pour devenir menuisier. Il a une mine de jaunisse et Anna se demande s'il n'aurait pas raté sa reconversion, plus de sous, des chaises bancales et des regrets. Mais non, il confie son bonheur de travailler avec ses mains, apprend à connaître chaque bois, mais déclare entre les vertus du chêne et du merisier, « J'ai un mauvais cancer. » Cette nouvelle attriste Anna inconsidérément, elle essaye de le rassurer avec des phrases toutes faites, patine dans un discours convenu. Puis tout à coup, une idée lui traverse l'esprit, qu'elle attrape comme un papillon bienvenu.

– Philippe, tu sais que si des extraterrestres nous envahissaient, je partirais avec toi.

– Pardon ?

– Je m'exprime mal, tu dois penser que je suis folle, mais pas du tout, c'est très sérieux, c'était un jeu avec Louison. Lorsqu'on s'ennuyait dans une réunion, on se textotait discrètement : *Si des extra-terrestres débarquaient sur-le-champ, avec quelle personne présente dans cette pièce prendrais-tu la fuite ?* Eh bien moi, je te trouvais franc et courageux, et costaud aussi, j'avais l'impression qu'on pouvait s'appuyer sur toi, je te choisissais toujours !

– C'est très gentil, je suis flatté, dès que je vois un petit bonhomme vert débarquer de la planète Mars, je t'appelle alors ?

Il rit, mi-figue, mi-raisin, gêné, sans bien comprendre où elle veut en venir, est-ce une blague ou une proposition, elle ne s'en sort plus, elle voulait juste lui signifier qu'il était un chic type et qu'elle avait du chagrin. Elle déteste la fausse bienveillance obligatoire mais pense qu'il faut dire son affection aux gens qu'on apprécie, qu'on admire, qu'on aime même juste un peu de loin. Ils se disent au revoir, il ressemble à un marin naufragé, sans doute ne le reverra-t-elle plus jamais, elle saute dans un taxi pour mettre un terme à cette drôle de conversation crépusculaire sur le trottoir.

Elle s'excuse, elle s'excuse tout le temps, elle ne va pas loin, le chauffeur s'en fiche, ce qui lui importe, c'est de savoir si elle est vaccinée.

– Évidemment oui, vous voulez mon pass sanitaire ?

Non, non, il laisse « toutes ces mascarades, pétard, aux fadas ».

– Mais cela ne vous embête pas qu'on ait trafiqué votre ADN ?

– Pas du tout, mon ADN, c'est comme ma cellulite, je n'y suis pas très attachée

Déception. Blanc. Le ton du chauffeur monte, il parle tout seul, « liberté, démocratie, tu parles, tous des bouffons », et il râle :

– C'est vrai que vous n'allez pas loin, vous êtes paresseuse ou quoi ?

– Non, je suis vieille ! Mais pas assez pour qu'on me laisse un strapontin dans le métro !

Alors qu'Anna pousse la porte cochère de l'immeuble, revenu dans son mètre carré de trottoir Derek lance son interrogation quotidienne : « Il est où ton cœur ? » Elle a mis du temps à comprendre que le clochard polonais ne savait dire en français ni « mari », ni « compagnon », ni « amoureux ». Comme d'habitude, elle répond « Mon cœur travaille », et Derek va attendre le retour de Peter jusqu'au soir, s'agenouillant chaque heure pour prier, entre deux rasades de vin mauvais, un Dieu qui semble l'avoir oublié. La marchande de chocolats belges du boulevard a raconté à Anna que le Polonais avait été renvoyé de la Légion étrangère – est-ce fréquent ? – parce qu'il avait tué un homme – ça arrive souvent ? – et que depuis il expiait. Comment Derek a-t-il pu raconter un truc pareil, lui qui a si peu de mots à sa disposition, la marchande de chocolats belges serait-elle polonaise ? Mais alors elle parle drôlement bien français, à moins qu'elle ait de la famille dans la Légion. Derek essaye de demander quelque chose à Anna, elle ne comprend pas, il éructe, n'y arrive pas, et hurle tout à coup : « Cinq balles, ça change rien à ta vie ! » Il est malin, il a raison, Anna lui donne son paquet de cigarettes, Derek veut lui embrasser les mains, elle recule.

– Pourquoi toi fâchée avec moi ?

– Moi pas fâchée.

Elle parle comme lui, c'est vrai, elle aime le monsieur au visage de musaraigne, la femme à la tête de gui, mais Derek lui fait peur avec sa face de monstre et la force herculéenne qu'il met à claquer la porte cochère sur elle lorsqu'elle refuse de lui parler. Derek n'est pas méchant, il devient furieux lorsqu'elle ne lui répond pas comme à un être humain. Elle se force à le regarder, elle ne croit pas à toutes ces merdes de « vivre ensemble », mais elle croit qu'il faut garder les yeux ouverts.

Hier soir, un photographe nommé René Robert a été victime d'un malaise rue de Turbigo. Incapable de se relever, il a passé neuf heures allongé sur le trottoir sans qu'aucun passant prenne la peine de s'accroupir pour s'enquérir de ce gisant. Lorsqu'un SDF a appelé le Samu, il était trop tard, le photographe n'a pas pu être ramené à la vie. Ça, c'est Paris.

Peter, le mari d'Anna, ressemble à Jean-Louis Trintignant, ni l'acteur splendide dans le triomphe de sa jeunesse, ni le vieil homme rompu par la mort tragique de sa fille, Jean-Louis Trintignant entre deux âges. Version américaine, il pourrait jouer le gentil flic dans n'importe quelle série avec sa mine d'enfant élevé au bord de la mer et ses dents à toute épreuve. Chaque jour, quelle que soit la saison, entre 19 heures et 20 heures, Peter enlève son déguisement jaune fluo, pose ses affaires n'importe où dans l'appartement, téléphone, lunettes, ordinateur, gants, aussitôt égarés pour la soirée ou pour toujours, et redescend donner une soupe à Derek. Dès qu'il fait trop froid, il appelle le 115. Le message d'accueil traduit en toutes les langues résonne en boucle pendant parfois plus d'une heure sur le haut-parleur de son smartphone dans la cuisine, couvrant les infos de France Info. Ce rituel est devenu l'incarnation même de l'impuissance. Refrain bien commode, sauver une vie c'est les sauver toutes, mais n'arriver à en sauver aucune ?

Peter et Anna ne sont pas meilleurs que d'autres, mais le malheur habite sous leurs yeux et certains soirs ils ne peuvent pas juste rentrer chez eux et demander à leurs filles : frites ou lasagnes ? Il existe une cruauté d'indifférence, une violence par omission. Au plus fort de la pandémie, un matin, Derek portait un masque chirurgical bleu ciel. Et ce masque sur ce visage indescriptible de croûtes et de bosses, sous lequel elle devinait un sourire de conspirateur, arboré pourquoi, pour manifester qu'il était encore un homme comme les autres, avait bouleversé Anna.

Eh bien monsieur Derek, mon cœur a brisé menu mon cœur. Le chagrin d'Anna va et vient, monte et descend ce matin, lui rappelle les hurlements de sa dernière fille jusqu'à ses dix-huit mois, qui hachait ses nuits sans qu'on comprenne pourquoi. Transie de fatigue, Anna espérait des heures que la petite finirait par dormir, elle lui murmurait des paroles réconfortantes, lui donnait à boire, n'en pouvait plus, l'enfermait en se bouchant les oreilles, revenait parce que les larmes étaient insupportables, imaginait au ralenti la journée du lendemain minée par l'épuisement, lorsque l'enfant semblait enfin assoupie, elle quittait la chambre sur la pointe des pieds en prenant bien soin d'éviter la latte de parquet qui grince et au moment où elle croyait avoir gagné, la main sur la poignée, le bébé poussait de nouveau un hurlement. Sa fille la réveillait dix fois entre 4 heures et 7 heures puis dormait du sommeil d'une juste alors qu'elle partait travailler exsangue. Est-ce pendant ces nuits à dormir debout que sa vie s'est détraquée ?

Gling. Un ancien ministre sort de prison, un ancien maire y entre, la vie politique française.

Cette histoire de sœur Marie-Denise la tourmente. La renvoie au lycée non mixte et privé Le Château, où Nine l'avait inscrite en seconde car l'établissement public voisin avait mauvaise réputation. La réussite de sa fille passait avant ses principes, elle pur produit de l'école républicaine, dont la mère devait suivre, concentrée, du bout du doigt les lignes des articles dans *Télé 7 Jours*, en les prononçant à voix basse, pour comprendre ce qu'elle lisait. Les quinze ans d'Anna pesaient cinq tonnes de questions, les garçons du collège avec lesquels elle avait disséqué des grenouilles avec volupté gloussaient désormais lorsqu'elle les croisait dans la rue, oublieux de leur amitié, les filles de sa nouvelle classe appartenaient à la dernière génération à porter des prénoms du calendrier des postes, Virginie, Nathalie, Émilie, Stéphanie, leurs petites sœurs s'appelaient Océane ou Cerise. Elles rêvaient de parkas Creeks, de doudounes Chevignon et de sortir, on disait « sortir » à l'époque, avec des garçons qui ressemblaient à Pierre Cosso, le héros de *La Boum*.

Anna n'avait jamais embrassé personne. Un jour qu'elle allait chercher un devoir de russe, un coup de Nine, le russe, « on n'est pas des moutons », chez Émilie Schneider, bilingue parce que son père avait été ambassadeur à Moscou, cette longue fille crépusculaire avait posé la main sur celle d'Anna, étonnée par la pénombre de la chambre et tâtonnant sur le mur à la recherche d'un interrupteur, avant de plaquer une bouche mouillée sur ses lèvres. Incapable de trancher, était-ce fantastique ou glauque, Anna avait juste trouvé cette situation affreusement gênante et n'avait osé en parler à personne. L'ennemi dans le salon de la rue de la Glacière le jour de son anniversaire, l'enclume remontant sur sa cuisse au cinéma, ce baiser volé, elle commençait à comprendre pourquoi son sexe était faible. Pour s'en défendre, elle ne voyait qu'une issue, apprendre, apprendre, apprendre.

Les réseaux sociaux n'existaient pas, les tutos encore moins, ceux qui les inventeraient n'étaient même pas nés, maquillage ne se disait pas « make-up », Sephora n'était pas cette chaîne essaimant partout en France, mais seulement un grand magasin rue de Passy, au bonheur des dames du seizième arrondissement, où Anna n'avait le droit de se rendre que quelques après-midi d'exception, les jeunes filles disparaissaient mystérieusement dans des cabines d'essayage, on parlait d'une traite des Blanches. Anna, son rêve n'était même pas un gloss, mais une bouteille d'Eau précieuse parce que Stéphanie lui avait juré que ça marchait. Séraphine restée à l'école publique, Stéphanie était sa nouvelle meilleure amie, enfin c'est ce qu'elle affirmait, Anna avait plutôt l'impression d'être sa chose, passée de l'emprise de Nine au pouvoir de Stéphanie. Mais comme c'était sa manière de fonctionner, se fondre dans l'ombre d'autrui, elle n'y trouvait rien à redire, espérant qu'un peu de la lumière de cette magnifique peste, dont l'autorité n'était jamais contrariée, aujourd'hui on dirait qu'elle est populaire, rejaillirait sur elle. Stéphanie lui avait aussi parlé d'un médicament miracle appelé Roaccutane, Nine avait hurlé, elle avait justement une amie dont le fils s'était retrouvé avec une peau d'angelot certes, débarrassé de ses pustules, mais le dos poilu, on aurait dit Petit Ours Brun. Sa mère possédait un panel infini d'amies à qui il arrivait des trucs bizarres. « Si tu bourgeonnes, ma minouchette, on ira voir Natacha. » Roumaine, Natacha avait fui les communistes, passé le rideau de fer comme le danseur Baryshnikov, ce qui la dotait d'un certain panache mais d'aucun diplôme de médecine. Elle soignait toutes les amies de Nine qui ne souffraient d'aucune maladie. Elle était très forte, pensait Anna lorsqu'elle les voyait avaler des litres de liquides brunâtres de sa composition et les entendait vanter des heures les prodiges de Natacha, capable de soigner un eczéma récalcitrant avec un unique comprimé de sa composition. Natacha était « uniciste ». Une seule fois, Nine avait réussi à l'y traîner.

– Tu vas avoir tes règles, avait annoncé doctement l'apprentie sorcière.

– Et tu la payes pour ça, évidemment que je vais avoir mes règles !

L'adolescence n'était pas encore cet état respecté, les industriels n'avaient pas encore détecté le potentiel commercial de cette explosion hormonale dans lequel ses filles se vautrent aujourd'hui, plutôt un mauvais moment à passer. « Tu verras, un jour tu te réveilleras et ça sera fini, tu seras une femme magnifique », prédisait Mamita tandis que Nine lui parlait de carapace et de Françoise Dolto. « Toi et tes trucs de psychopathes », lui répondait Anna. En attendant, elle avait quinze ans, ça l'encombrait, la désolait, la ravissait, ça explosait. Il fallait se couvrir, se camoufler, se contraindre, s'exposer, ça dépendait des jours et des humeurs. Chaque jour, une nouveauté, des poils à arracher, des pores à colmater, du sang à empêcher de couler. Quand

Stéphanie demandait à voix très haute entre deux cours « Quelqu'un a une Vania à me filer ? », son amie était gênée pour elle en même temps qu'admirative de son toupet.

Stéphanie l'avait embarquée à sa première boum, l'adolescente irradiait, et Anna possédait assez de jugeote pour réaliser qu'avec sa jupe et son tee-shirt vert salade, une idée de Nine, elle figurait un parfait faire-valoir. Dans le salon rond et clignotant d'un appartement vidé de ses meubles du quinzième arrondissement, son cœur battait la chamade, elle mangeait des Apéricubes pour se donner une contenance. Stéphanie l'avait d'abord surveillée comme une première dauphine débarquée de sa province avant de coller sa langue dans la bouche d'un blond qui avait gardé sa saharienne beige. Les adolescents faisaient semblant de savoir danser le ska. Anna n'en pouvait plus d'avaler des Apéricubes. Un grand garçon brun chaussé de Vans à carreaux noirs et blancs l'avait invitée à un slow. Un, puis deux, puis trois. Elle se sentait moins bête, Stéphanie lui faisait des clins d'œil, la bouche toujours ventousée à celle du blond, quand, sans prévenir, le garçon avait embrassé Anna, s'interrompant parfois pour murmurer des mots rendus inaudibles par la musique, puis recommençant, la voilà pareillement transformée en sangsue. Comme il était très grand, les cervicales d'Anna finissaient par être douloureuses, qu'importe, elle était amoureuse, s'imaginait au sommet de son existence, ce garçon sans prénom était aussi beau que Francis Huster. Anna était une oie blanche qui savait dessiner des trompes de Fallope mais n'avait jamais vu personne s'embrasser, ses parents, n'en parlons pas, pas de frère, ni de cousins, les « drôles de dames » ne bécotaient pas Charly, les films de Demy parlaient d'amour sans le faire, les baisers n'étaient que de papier dans les romans. Plus vierge que vierge, grisée. Alors qu'il la prenait par la main pour l'emmener sur le balcon, elle préparait des mots, ils allaient faire connaissance, mais non, il l'embrassait encore et, brusquement, glissait sa main sous la jupe vert salade, mettait sa main entière dans sa culotte blanche Petit Bateau. L'intrusion avait duré quelques secondes, presque comme si elle n'avait pas existé mais elle avait existé. Puis il allumait une cigarette, en prononçant une phrase emportée par le vent. Anna aurait tout donné pour être téléportée chez elle, rue de la Glacière, sous ses draps Laura Ashley, Stéphanie gloussait dans le salon rond, son amie la haïssait. Elle avait dit « pardon », foncé dans la chambre des parents à la recherche d'un téléphone pour appeler sa mère, le lit était recouvert d'un amas de vestes et de pulls, elle aurait aimé s'y ensevelir jusqu'à la fin des temps. « C'est nul, viens me chercher ! » Devinant à son blouson en jean que sa proie lui échappait, le garçon avait demandé son numéro de téléphone, qu'il avait écrit sur sa main. « Tu ne connais même pas mon prénom. » Évidemment il n'avait jamais appelé mais elle avait espéré, un appel aurait rendu ce geste déplacé compréhensible si ce n'est acceptable. Et il s'était vanté, le goujat, et Stéphanie lui avait dit « mais t'es folle » comme si c'était elle la coupable. Les femmes étaient donc coupables de se laisser faire.

Jeux de mains, jeux de vilains, répétait souvent Mamita, sans qu'Anna comprenne ce qu'elle voulait dire.

À la suite de cet épisode où il s'était avéré une source de vulnérabilité en même temps que de périls, Anna s'est entraînée à faire disparaître son corps. Un corps étranger. Elle le dissimulait dans des pulls immenses volés à son père, grandissait sans grossir, « un appétit d'oiseau », remarquait Nine, le reléguait dans l'inexistence. Elle avait un non-corps, de toute façon ce qui importait, « c'est ce qu'elle a dans la tête Marie Curie, pas ses mensurations ».

Anna rêvait de devenir invisible.

Est-ce parce que Stéphanie s'était sentie confuse, malgré son égoïsme à peine maquillé par quelques attentions intermittentes, qu'elle avait confié à Anna que sœur Marie-Denise s'était jetée sur elle pour l'embrasser sur la bouche, à la fin du cours de grammaire, après qu'elle lui avait demandé de rester quelques minutes parce qu'elle devait lui parler en privé de son dernier contrôle. « Elle a fermé la porte, j'ai pensé qu'elle allait m'engueuler, et là, elle m'a poussée contre le tableau. Je me suis débattue. Elle avait l'air d'une folle avec son bandeau de travers. » Anna avait pensé que Stéphanie mentait pour faire son intéressante et pour faire passer la main du garçon sans nom au chapitre des accidents, le mot microagressions n'existait pas encore, possibles lorsqu'on a le malheur d'être une fille. Certes, sœur Marie-Denise était du genre exalté, lors d'un cours sur *Madame Bovary* elle s'était mise à hurler : « Mais elle s'emmerde, Madame Bovary ! Elle s'emmerde à en mourir, c'est quand même pas difficile à comprendre. » Une autre fois, elle avait arraché le rideau occultant servant à faire régner l'obscurité dans la classe lorsque le professeur de sciences naturelles projetait des diapositives sur le tableau, s'en était enveloppée pour s'en faire une robe rigide et grotesque, déclamant les tirades de Juliette à Stéphanie transformée en Roméo.

Les anciennes élèves ne viendront pas fêter l'anniversaire de leur promotion si la religieuse grignote des pains-surprises. Peut-être que Stéphanie n'avait pas menti, et que d'autres adolescentes ont subi des ardeurs déplacées.

Midi, *gling*, message fleuve de son mari, jusqu'à présent Peter s'en était tenu au silence. Beaucoup de *sorry*, de *pardon*, de *je pensais* et de *ce n'est rien*, ponctués d'*idiot*, et pour finir, cette question en apothéose : *On ne va pas remettre en question notre mariage pour ça. Il est où l'amour dans tout ça ?*

– *Dans ton cul ! Gling*. Tout de suite le remords la prend de se comporter en gamine, mais c'est plus fort qu'elle, sa bouche est pleine de mots orduriers, son esprit envahi d'images baveuses de cinq à sept.

Cette nuit, ce gâchis.

À minuit cinq, après l'épisode végétal, la petite, couverte de baisers sonores, « j'aime pas quand tu m'embrasses comme mamie Nine », dormait enfin, à minuit dix l'adolescente vérifiait une dernière fois la météo du lendemain, rapport aux frisottis maudits, pluie demain, catastrophe, fer à lisser dernière génération, prêt à l'emploi au pied de son lit. Le dimanche soir était mort, le boulevard enfin silencieux, chaque voiture bruissait d'une petite aventure, qui pouvait encore rouler à cette heure ? À minuit quinze, Anna consultait son compte Instagram, tous ces chirurgiens esthétiques souhaitant devenir ses amis trahissaient son âge, mais ces militaires américains, qu'espéraient-ils ?, découvrait le mail d'une de ses autrices de savants romans historiques, soucieuse de son sentiment sur son nouveau manuscrit, « je te l'ai envoyé il y a trois jours quand même, tu vas être surprise, j'ai changé de genre ». Effectivement, Anna était étonnée dès la page 25 par « la splendide queue élitaire de mon amant aussi droite que le bâton du sorcier Merlin », réminiscence de l'ancienne historienne, pas vraiment convaincue page 27 par « la verge luisante comme un concombre orgasmique décidée à explorer chaque cavité de mon corps ». À minuit quarante-cinq, elle avait interrompu sa lecture lorsque le concombre tentait de s'introduire dans l'oreille de son amante. Alors qu'elle essayait de se coucher sans bruit, Peter, endormi devant un épisode de *Succession*, ouvrait un œil pour l'embrasser, « tu as mis ton réveil, j'ai encore perdu mon portable », avant de le refermer. Le mari dort toujours du sommeil du juste. Évidemment, elle l'avait vu, objet incongru posé sur le lavabo de la salle de bains des enfants, supermère entraînée à dénicher en quelques secondes le cahier de correspondance, les clés du vélo, « le bonnet Carhartt que ma copine Nina m'a prêté et elle va me tuer si je ne lui rends pas aujourd'hui ». Les portables égarés, c'est sa spécialité. Jugeant le « wagon du sommeil », ainsi parle son psy, dans lequel elle s'apprêtait à monter encore fort éloigné du lit conjugal, quelque part en Bulgarie à vue de nez, Anna s'était levée pour mettre en charge le portable de Peter. Et là, elle était tombée sur un texto de cinéma. Dotée d'une mémoire de *Questions pour un champion*, remplie jusqu'à la gueule de vétilles dérisoires et souvent inutiles, Anna peut réciter par cœur les dates de naissance des enfants de ses auteurs, les prénoms des filles de Bruce Willis et Demi Moore, les paroles de toutes les chansons françaises mélancoliques de Nino Ferrer à Bertrand Belin, et les scénarios, minute par minute, de toutes les comédies américaines, catégorie contes de Noël, les autres la laissent de marbre. Coincée par une tempête de neige dans un patelin du fin fond des États-Unis où elle a été, à son cœur défendant, découper la Christmas dinde en famille, une héroïne blonde et trop maquillée découvre que son boyfriend, expert en finances, la trompe avec une plus blonde et plus maquillée. La dinde, c'est elle. Après quelques jours à sangloter, la trahison s'avère une bénédiction, la vraie vie est là, dans cette cambrousse qu'elle n'avait songé qu'à fuir où les gens sont habillés comme des ploucs mais sincères et généreux. Dans la salle de bains des enfants, la dinde c'est Anna, submergée d'images absurdes, une actrice blonde à grosse bouche, un homme à tête d'écureuil, *Cléo de 5 à 7*, devant ce texto grand ouvert :

Trop triste que tu n'aies pas pu t'échapper ce week-end.

C'est « échapper » qui lui a fait mal d'abord. Échapper appartient au champ sémantique de l'enfermement, prison, Alcatraz, piège, un lieu maudit et par extension une personne atroce, virago, mégère avec bigoudis dans *Tintin et les Picaros*. Bizarres, ces mots traversant son esprit décomposé.

Dans le salon, Anna attrape une cigarette et la tablette de son mari, le code, toute la famille le connaît, c'est sa date de naissance, fonce à la corbeille qu'il n'a pas pensé à vider, et les messages s'affichent, défilent. Peter est un homme transparent jusque dans l'adultère.

J'ai réservé une chambre dans le 15e au pied de la tour Eiffel, ça te va ?

– Oui, mon écureuil, mais à quelle heure ?

Qui est cet écureuil ?

– Et si tu venais à la maison pour une fois mon écureuil ?

C'est donc à l'écureuil qu'elle va arracher les yeux. Sa vie n'est plus qu'un tas de cendres grises, doit-elle aller chercher la pelle et la balayette sous l'évier de la cuisine ? À l'homme endormi au stade trois du sommeil, elle en veut moins de l'avoir trahie dans les draps d'une autre que d'avoir saccagé l'idée qu'elle se faisait de leur couple.

Anna était tombée amoureuse de Peter avant même de connaître son prénom. Parce que tout ce qu'il avait exprimé en un dîner chez des amis, cet homme qui parlait non pas comme si le monde lui appartenait mais comme s'il en épousait parfaitement les contours, lui semblait la promesse d'une certaine qualité d'amour. Il possédait tous les charmes dont elle se sentait dépourvue. Peter joue du piano, et le monde avec ses avanies cesse de tourner. Il chasse les désagréments et les odieux comme des mouches, refuse de se laisser intoxiquer par l'actualité dévorante, fuit les oiseaux de malheur pour se concentrer sur ce qu'il a bâti, sa famille et ses mathématiques. Tout ce que la vie lui réserve de beauté, fût-elle fugace, il l'attrape tel un affamé. Anna est raide, Peter possède la souplesse d'un chat. Elle est brusque, il ne sort jamais de ses gonds. Elle se cogne aux médiocres, il les ignore, même pas dignes d'un sujet de conversation. Quand elle se démolit parce que rien ni personne n'est à la hauteur de sa folle exigence, il fait confiance. Aux lendemains, au genre humain, à sa bonne étoile, à un Dieu dont il voit partout la trace dans la beauté de la Terre ou dans la naissance de deux oursons découverts dans un documentaire de National Geographic, et il s'énerve si elle ne s'émerveille pas avec lui. Cet homme sur lequel le malheur n'avait pas de prise, c'était sa volonté depuis qu'enfant il avait connu l'abandon et les soirs glissant dans une tristesse dangereuse, avait sauvé Anna de la citadelle de mélancolie dans laquelle elle s'était recluse. Leur amour avait été tacite et presque sans paroles, un plaisir sans équivalent, un toit, une fille, deux filles, « j'arrive de la mairie, on se marie le 17 juin à 10 h 45 ». Le bonheur allait de soi malgré les disputes ou les désaccords parce que Peter avait réussi à la convaincre que c'était le seul horizon à scruter. Et leur amour le seul chantier constructible.

Hôtel, rendez-vous, hâte... c'est l'essence même de Peter qui est saccagée. Sa substance vandalisée. Et avec elle une certaine conception de leur vie sentimentale jamais prise en défaut pendant presque vingt ans. Ça ne se fait pas. Enfin pas chez eux. Parce que l'amour de Peter est ce qui la fait tenir debout et qu'il ne peut pas l'ignorer. Parce que en la trompant, d'un même élan, il la détruit et se détruit aussi. Anna qui n'avait pas beaucoup d'admiration pour elle-même s'enorgueillissait de réussir ce que tant d'autres rataient pour des raisons variées, paresse ou inconstance. Elle avait trop lu pour savoir que la passion pyrotechnique ne durait pas, mais elle chérissait avec ardeur le sentiment qui les liait désormais, même si leurs gestes de tendresse tenaient parfois autant de ceux que des parents peuvent avoir pour leurs enfants que de ceux d'amants fougueux. Leur attachement lui semblait relever de grands mots, intégrité, loyauté, dont bon sang on ne pouvait pas se targuer si souvent, aussi respectable que faire l'amour sans prendre le temps de se déshabiller. Ils se suffisaient sans que cela ait valeur de renoncement.

Enfin, c'est ce qu'elle croyait, avant.

Lorsqu'elle s'imaginait à l'abri des hommes qui font mal.

Un rempart avait cédé dans cette vie heureuse qu'elle surveillait de toutes ses forces, le malheur s'y engouffrait. Au fond d'elle, Anna avait l'impression que ses larmes étaient d'hier. Elle aurait dû pleurer plus tôt. Jeune, l'anxiété lui faisait redouter l'avenir, aujourd'hui, le passé lui semble un ennemi bien plus périlleux à combattre. Et lorsqu'elle lit les témoignages des filles, #metoo, ces têtes qu'une main contraint à baisser, ces actes qu'on refuse mais on n'a pas les mots pour le dire, ou alors ils ne sont pas entendus, « tu vas aimer », elle se dit qu'elle a vécu ça aussi, empêtrée dans l'espérance de sentiments, soumise à une force maquillée par des mensonges. Oui, elle aurait dû pleurer bien plus tôt.

Pas le temps pour ces chagrins pas si défunts, elle est attendue par une autrice pour déjeuner. Dans les mauvais romans, les héroïnes agitent leur cascade de boucles avec des sourires gourmands, Anna, elle, se décoiffe devant le miroir de la salle de bains. Durant son enfance, Nine parlait de « dames d'un certain âge ». Anna se demande quand ça commence, « un certain âge ». Sa douleur lui semble « d'un certain âge », une humiliation qu'elle n'a pas vue arriver, comme porter une gouttière la nuit parce qu'on a les dents qui grincent. Et on ne peut rien y faire.

Elle court dans le couloir du métro, elle est en retard, vacille sur ses talons hauts, dépasser de dix centimètres les gens qui l'impressionnent lui donne l'illusion d'un coup d'avance, elle n'est pas encore à l'âge certain où l'on choisit des chaussures parce qu'elles sont confortables. Elle est toujours en retard, parfois elle se demande si son inconscient ne lui dicte pas d'oublier son sac ou son masque afin qu'elle s'inquiète du temps à rattraper plutôt que du rendez-vous. Son cerveau n'est jamais réglé sur la bonne angoisse. Sur le quai, elle n'ose pas s'asseoir sur les fauteuils rouges de plastique moulé. Le mobilier urbain est pestiféré, l'air piquant de virus invisible, l'habitude de la peur chorégraphie les corps de mouvements inédits. Se frôler revient à s'agresser, s'asseoir, prendre un risque inutile. Les usagers s'évitent avec plus ou moins de considération. Aux heures de pointe, on ne craint plus un geste déplacé mais pour sa santé.

Gling. Long texto de sa fille cadette, que ses yeux parcourent à toute vitesse. *Je suis tellement désolée... on est tous consternés... je te demande pardon... je savais que c'était plié mais pas à ce point-là, j'y crois à fond pour la suite... bisous bisous... je t'aime*. On dirait un message de condoléances ? Seulement les résultats du contrôle de maths.

– *Combien ?*

– *1,75.*

– *Ah quand même...*

– *J'avais révisé quatre heures avec Victor !*

– *Je sais, quatre fois trente-cinq euros, je ne te demande pas combien ça fait, sont sortis de ma poche avec leurs petites pattes musclées pour courir jusqu'à celle de Victor.*

– *J'ai fait de mon mieux, je te jure !*

– *Je sais, ce n'est pas grave, je te donnerai seulement 1,75 euro d'argent de poche ce mois-ci.*

Et un smiley qui rigole qui font cent ! *Non, tu ne peux pas faire ça !* Eh bien si, elle peut.

Elle attend le métro devant les affiches des pièces de théâtre de boulevard. Pourquoi le nom des acteurs ne correspond-il jamais à leur visage en photo, juste en dessous ? Ce comédien dont le public connaît la moustache mais oublie toujours le nom ne peut pas s'appeler Amanda. Tout ce chemin pour sortir de l'anonymat et se retrouver affublé de l'identité d'une autre, ce doit être humiliant, sans doute un truc de publicitaire. Elle pense aux jeux des cahiers de vacances pour enfants : relie chaque personne à son activité préférée, une bonne vieille tondeuse à gazon pour papa et un baigneur pour maman. Elle a de la peine pour ces Gérard et Amanda aux visages mal photographiés, de trop près, sous leurs faux patronymes, des plaques de fond de teint mal étalé laissent transparaître la tristesse de leur sourire. Ils rêvaient de jouer Shakespeare ou Molière, les voilà habillés de mauvais costumes en acrylique, héros de *L'Amour en solo* ou des *Jouets de l'amour et du hasard. La Ménopause, les nouvelles règles, la vie commence à 50 ans* fête sa cinq centième représentation, c'est écrit en gros. Est-ce que des gens, sérieusement, se disent : « Tiens, ce week-end, chéri, si on allait voir *La Ménopause, les nouvelles règles* ? » Peut-être que ce spectacle la ferait rire à s'en décrocher la mâchoire mais elle n'a pas une folle envie d'essayer. Tout ce qu'on lui a appris relever de la vie privée est tombé dans le domaine public. Le sang bleu devenu hémoglobine écarlate sur les serviettes hygiéniques dans les publicités à la télévision, est-ce un progrès de la civilisation ? Est-ce important d'appeler un chattte une chatte, de dire « règles » plutôt que « les Anglais débarquent » ? Ce sentiment d'étrangeté envers l'usage du monde moderne ne la quitte plus. Avec ses copines, Félicité a manifesté devant le lycée pour obtenir au moins « deux jours de congé en règle ». « C'est pas mal mum comme slogan, tu ne trouves pas ? Parce que tu as mal au ventre, tu rates ton contrôle, mais ce n'est pas ta faute ! » Anna refrène l'envie de lui dire : « Et mon cul, c'est du poulet ? », cette bonne vieille expression froisserait sûrement les jeunes éleveurs de volailles. Mais non c'est sûrement un progrès, le corps a ses raisons que sa mère ignorait, « prends une aspirine, ça va passer », d'ailleurs elle est fière d'avoir publié un des premiers livres sur l'endométriose.

Gling. Scandale chez les Miss France, une candidate a menti sur son âge.

Quand Anna a eu cinquante-deux ans, cet anniversaire même pas rond lui semblait si détestable qu'elle a passé la journée à affirmer qu'elle fêtait ses cinquante-neuf ans, et tout le monde la regardait avec une admiration incrédule en lui servant des « ça ne se voit pas ». Le soir, elle s'est dit que les femmes étaient bien sottes de se rajeunir, la société vous apportait beaucoup plus de gratifications quand vous vous vieillissiez faussement puisque tout ce qui compte c'est de ne pas faire son âge. Pauvre Miss Poitou.

Sur le quai d'en face, des messieurs observent d'un air étrange sa petite silhouette se détachant sur le panneau de cette culotte tachée de rouge de la taille de l'Asie sur une carte du monde. Peut-être sont-ils aussi décontenancés par ces femmes fières de leur sang qui va et qui ne vient plus. Ces nouvelles règles. Anna rajuste son masque, monte dans le wagon où les usagers se regardent en méchants chiens de faïence.

Une femme parle toute seule, demande l'heure à la cantonade d'une voix caverneuse, les passagers font semblant de ne rien entendre, Anna répond qu'il est une heure moins cinq. La dame riposte, enchantée :

– J'en étais sûre !

Et Anna devine qu'elle ne va pas en rester là.
– Vous avez quel âge ?
Décidément !
– Cinquante-trois ans.
Et tout le wagon la regarde.
– Ah il faut avoir beaucoup d'argent !
Le wagon guette la réponse d'Anna, est déçu par son faiblard :
– Oui, c'est sûr.
Pas la dame qui enchaîne :
– Parce que ça coûte cher les sacs Lancel, mais ils sont beaux, il y en a même des roses, et puis c'est de la qualité !
Anna la salue avec chaleur, les hommes politiques aux discours suintant de crispations identitaires devraient prendre plus souvent le métro pour avoir une idée de leurs fragiles électeurs.
Vite courir dans le couloir de Sèvres-Babylone sans regarder les réfugiés syriens, c'est écrit sur un panneau de carton brun, allongés par terre au même endroit depuis des semaines dans des sacs de couchage dont on voit encore l'étiquette Decathlon. Anna connaît bien leurs visages de fantômes, ses yeux ne s'y habituent pas, mais faire comme s'ils étaient invisibles, c'est dénier même leur existence. Ce cas de conscience n'a aucun sens mais elle se retourne pourtant, leur adresse un sourire inutile. Cette impuissance

dans laquelle elle est jetée l'empêche presque de respirer.

À 13 heures, il est 13 h 10, elle a rendez-vous avec une jeune militante féministe et rousse, star des réseaux sociaux, 66 K suivent ses mots et gestes, son amitié sororale avec Angela Davis ou sa recette de blanquette de veau, et aucun K pour lui demander si c'est normal de vouloir éradiquer tous les hommes cis hétérosexuels, mais beaucoup pour s'insurger parce qu'elle a mis de la crème « dans une blanquette » ! La fille voudrait « faire un livre ». Tout le monde veut écrire, sa « *sad story* » ou son « *feel good book* », mais 65 % des Français n'ont lu aucun ouvrage l'année dernière, ça n'a pas de sens.

Le restaurant dont Anna oublie toujours le nom est un établissement chic à la porte dérobée aux regards néophytes, un épais rideau affirmant clairement que les anonymes ne sont pas les bienvenus. On ne déjeune pas ici par hasard. L'édition a la gueule de bois, se frotte les yeux devant les cent mille ventes des mémoires d'une youtubeuse à peine majeure tandis qu'un bon roman écrit avec des subjonctifs plafonne à deux mille exemplaires. Les entreprises ont été contraintes à l'exil, regroupées dans des arrondissements à deux chiffres, même pas le quatorzième de Hemingway, les attachées de presse possèdent désormais un passe Navigo, les maisons brûlent. Mais ce petit monde continue de déjeuner entre soi à Saint-Germain-des-Prés. Les écrivains et les journalistes d'un secteur « à tendance baissière » crèvent la faim le soir dans leur cuisine, mais à 13 heures, de temps en temps, selon une coutume ancestrale, ils se nourrissent de mets délicats offerts par les éditeurs. Aux premiers, l'illusion qu'ils comptent encore un peu, comme une caresse à un chien subclaquant, aux seconds un repas chaud en échange de la promesse de lire « ce récit magnifique d'une mère infanticide, mais c'est lumineux », la sincérité est devenue le critère suprême.

Les tables alignées en rangs serrés, séparées les unes des autres par quelques centimètres autorisant à peine à s'y glisser, heureusement l'édition ne nourrit pas trop bien son homme, interdisent la discrétion. Pour les rendez-vous clandestins, les contrats à plusieurs zéros, on traite dans son bureau, ici on affiche ses bonnes fréquentations, on sort ses auteurs à pedigree ou les nouvelles stars des listes de best-sellers, ces jolies filles aux robes à fleurs, autrices de bluettes « positives et optimistes » dans lesquelles la résilience a remplacé les secrets de famille. Pour elles, c'est entrée, plat et dessert, et tant pis s'il faut cacher ses prétentions littéraires sous sa serviette de table.

Tout le monde est blanc ici.

On se jauge, on se juge, on suppose, on suppute, on s'embrasse, on s'hypocrite, on s'adore, jusqu'à quand durera ce bal des lettrés ?

Une gloire des temps anciens à l'élégance de Fred Astaire abandonne son poulet façon pleine lune, se lève avec cérémonie, on dirait qu'il va chercher un oscar, serre Anna dans ses bras comme s'ils venaient de réchapper d'un accident d'avion dans les Andes, l'évalue de haut en bas, peut-être va-t-il lui demander d'ouvrir la bouche pour inspecter ses dents comme à un cheval : « Vous avez grossi ma chère. » Pause ! « Mais ça vous va bien. » Elle ne sait quoi répondre.

La star du jour est Virginité Woolf – un surnom de Louison –, un événement que sa présence au milieu du commun des mortels, l'influenceuse a bâti son pouvoir sur son omniprésence sur les réseaux sociaux et son invisibilité dans le monde réel. Elle ne sort qu'exceptionnellement de son existence en circuit fermé constituée de posts dont elle fait les questions et les réponses, miroir, miroir suis-je toujours la plus splendide, oui, sans hésitation, oui ! Dans une autre vie, elle était comptable. Et puis un matin, mue par quelque révélation warholienne, elle s'est réinventée, blonde platine et vingt kilos de chair fraîche surgis d'on ne sait où, des seins assortis, affichés tel un trophée dans des tenues de carnaval, tatouée à gogo, nue à l'occasion, selfies matin midi et soir, affirmant qu'elle était enfin elle-même et clamant sa bonté envers le genre humain. Sur Instagram, elle transcende son quotidien, pas de compagnon, pas d'enfant, un lapin nain nommé Jean-Paul Sartre qu'elle promène parfois au bout d'une laisse Vuitton dans son cinq pièces dont ses 250 000 followers connaissent chaque tiroir. Elle ne mange pas une tomate mais un fruit d'un rouge flamboyant, elle ne porte pas un jean mais un vêtement généreux et, quand elle poste un tableau de Matisse, c'est pour remarquer : « C'est tout moi ! » Depuis sa métamorphose, elle écrit à la chaîne des traités de développement « très personnel » dont elle est la première à affirmer qu'ils sont sublimes. *Aimez-moi les uns les autres* a fait manger la poussière au Goncourt de la saison. Forcément, les éditeurs s'agitent autour d'elle, nuée de mouches flagorneuses, cherchant à percer la nouvelle formule magique de l'édition, non plus transformer du plomb en or mais des followers en lecteurs.

Les célébrités font comme si c'était normal d'être célèbre, une broutille, un accident, un glissement de terrain dans leur existence alors qu'elles ont mis toutes leurs forces à le devenir, elles ne se scrutent pas les unes les autres comme des bêtes curieuses.

Anna passe à côté de l'exquise épouse d'un prix Nobel de littérature, d'une actrice blonde dont on ne sait plus si elle a quatre-vingt-dix ans ou douze avec son pull sur lequel est dessinée une tête de Mickey Mouse, lequel ne vient pas d'Eurodisney mais de Nicolas Ghesquière, comprenne qui pourra, d'une princesse brune qui semble s'ennuyer ferme devant sa soupe de liserons. Anna prend son air en retard pour éviter les regards froissés de celles et ceux lui ayant laissé des messages et des messages, Facebook, WhatsApp, Instagram, toute la panoplie, auxquels elle n'a pas eu le temps de répondre, compose un sourire avenant à l'intention de la féministe, s'excuse, elle est désolée et ravie. Enlève son manteau, pose son sac, s'empare de la carte qu'elle fait mine de lire puisque la rousse n'a pas encore abandonné son portable. Lorsqu'elle a commencé ce métier, les éditeurs bouffaient français, terroir, aujourd'hui, ils préfèrent l'international, ici la cuisine est japonaise, même s'il n'est pas évident qu'un Japonais y retrouverait ses sushis. C'est japonais pour les gens connus. Japonais pour les gens connus qui ne veulent pas grossir. C'est très cher mais l'addition compte pour du beurre puisque personne ne paye de sa poche.

Regard panoramique, elle fait désormais partie des plus vieux de la salle, ça aussi c'est nouveau, son invitée ne lâche toujours pas son téléphone, Anna se souvient de son premier dîner d'éditrice junior, le mot lui faisait toujours penser à un castor, le patron portait des chaussons vénitiens en velours noir brodés à ses initiales, comme elle ne connaissait personne, elle faisait la conversation au maître d'hôtel iranien, se sentait un poisson hors de l'eau au sein de cette assemblée vénérable d'écrivains. À table, elle était assise à la droite de François Nourissier auquel le grand patron la présentait avec cette gentillesse douce qui était sa marque, « Anna s'occupe de la fiction française ». François Nourissier avait alors tourné sa barbe vers le grand patron : « Très bien, mais pourquoi avoir choisi une enfant pour un poste si important ? » L'assemblée riait, René de Obaldia applaudissait même, un écrivain au casque de cheveux blancs demandait qu'on lui resserve du vin, « je suis une outre à gniole », une éditrice riche et célèbre lui parlait comme à une stagiaire ou une sourde, articulant chaque syllabe. Avait-elle lu le dernier livre de ? Oui.

Connaissait-elle Philippe Forest ? Pas personnellement. Que faisait-elle *avant* ? Anna avait envie de répondre qu'elle dirigeait une onglerie à Levallois-Perret, mais elle avait juste dit qu'avant, elle faisait ses études à la Sorbonne. Didier Decoin était le seul à s'adresser à elle ni comme à une petite fille ni comme à une demeurée. Mais quelle drôle d'idée de servir de la soupe, à chaque cuillerée de François Nourissier une petite rafale de gouttelettes constellait sa chemise blanche. À sa gauche, Alejandro Jodorowsky sortait un jeu de tarot de sa poche, abattait cinq cartes, Anna était plutôt gênée par l'attention concentrée sur elle, Jodorowsky disait qu'il n'avait jamais vu ça, « Ça arrive seulement deux trois fois dans une vie de tirer des cartes aussi bonnes ! Mademoiselle vous avez tout pour vous ! » Le standing d'Anna était remonté quand tout à coup, en face d'elle, la tête de l'épouse d'un auteur célèbre était tombée dans son assiette de riz oriental, peut-être qu'elle aussi était une outre à gniole, mais tout le monde faisait comme si c'était normal, son voisin avait juste décalé un peu son assiette. L'écrivain auréolé de blancheur racontait qu'il avait dîné avec Marlene Dietrich à New York, la vieille éditrice méchante lui rétorquait qu'à cette date l'actrice était déjà morte et enterrée. L'écrivain ne se démontait pas, il aurait pu, puis tout le monde dégustait une glace à la rose dans une ambiance crépusculaire. Comme du temps de la rue de la Glacière, Anna se sentait une enfant triste perdue au milieu de grandes personnes brillant de leurs derniers feux. Le grand patron récitait par cœur « La chanson du mal-aimé ».

Ils sont presque tous morts aujourd'hui.

Anna boirait bien un coup de gniole, mais la féministe commande ce bizarre thé brûlé, alors va pour un Coca.

La féministe est ravissante, habillée selon les derniers codes, chemise de bûcheron rentrée devant dans un jean taille haute, sortie comme par désinvolture derrière, Birkenstock noires sur chaussettes dorées, bazar de bracelets achetés aux soldes de presse d'Aurélie Bidermann et « pour trois fois rien » dans l'échoppe d'une île grecque. Teint de porcelaine nourri aux grains et rouge à lèvres écarlate et mat. Anna n'a pas besoin de parler. La fille raconte qu'elle s'est mise au tricot. Elle tricote toute la journée. Elle a acheté le stock entier de laine d'une ancienne boutique Anny Blatt dans le village à côté de Fontainebleau où elle a fui Paris, pas de malentendu, elle adore Anne Hidalgo, elle voulait réfléchir au calme, et depuis elle ne s'arrête plus, une maille à l'endroit une maille à l'envers, des écharpes pour les migrants, des bonnets pour ses enfants, des chaussettes pour ses copines, il faut beaucoup écouter les gens pour les publier. Si un extraterrestre débarquait là tout de suite, chez Kuong ou Kong, à qui elle devrait expliquer son métier, elle dirait qu'elle hoche la tête devant des photos d'enfants qui grandissent, des notes d'électricité « démentes », des gens qui n'existent pas, « Là mon personnage, Thierry, tu te rappelles Thierry, celui qui est devenu agriculteur, embrasse sa mère mais je me demande s'il ne devrait pas plutôt la repousser parce qu'il découvre qu'il l'aime... Et la fin, tu en penses quoi, je l'ai laissée ouverte, parce que le lecteur il faut qu'il imagine ce qu'il veut, faut qu'il bosse aussi un peu le lecteur, non ? » Ces soliloques lui conviennent très bien, elle n'aime pas beaucoup parler, surtout aujourd'hui, elle peut penser tranquillement à sa vie en miettes pendant que la future écrivaine tricote des mots à toute allure. Elle peut même regarder ses textos, même pas en douce, la féministe se concentre sur la carte avec un regard d'élève appliquée à ne pas se tromper.

Message de Sunshine.

Je sors de chez le dentiste qui vient de pratiquer un forage. N'a pas trouvé de pétrole mais un abcès qui va me coûter la moitié de mon salaire.

Plus qu'à aller bouffer à l'Ehpad avec ta mère pour au moins quinze jours.

– Pas sûr que les experts en bon goût laisseraient passer cette phrase, tu sous-entends que les vieux n'ont plus de dents, ce qui est vrai, mais humiliant pour eux.

– J'ai raboté mon emploi du temps, on prend un verre en fin de journée pour que tu me racontes.

– Oui ma chérie, avec une petite bouillie.

La tricoteuse parle en pilote automatique, elle a abandonné ses aiguilles pour raconter à Anna comment elle s'est « pris la tête » avec un journaliste qui ne voulait pas dire autrice, mais auteure, « Tu te rends compte, aujourd'hui ! Il ne savait même pas qu'on employait déjà autrice au Moyen Âge. » Agacée par la spontanéité de ce tutoiement, Anna hoche la tête, auteure ou autrice, chacune est libre de se faire appeler comme elle l'entend, à un moment seul vaut le texte. L'autrice poursuit sa diatribe sur la télévision où l'on n'invite que des hétérosexuels, blancs et vieux, « des mecs de l'ancien monde ». Là tout de même, elle s'arrête pour reprendre son souffle, dans l'attente d'une indignation partagée.

Elle est exaltée, maligne, maîtrise son propos sur le bout de ses doigts aux ongles carrés bleu marine. Abat ses ennemis l'un après l'autre, les journalistes, les hommes politiques, les fachos.

– Le patriarcat ! Ces capitalistes qui ont massacré la planète et asservi les femmes. Parfois, j'ai la haine, dit-elle en se servant une tasse de thé brûlé. Je voudrais faire entendre la voix de toutes celles qui souffrent du complexe de la sorcière, toutes les dominées, par le genre, par la classe, par la race, par le handicap ou par l'orientation sexuelle, poursuit-elle tranquillou bilou en attaquant son entrée dont le montant pourrait nourrir une famille entière de dominés pendant une semaine.

– Mais quel serait votre angle d'attaque ?

– L'é-mo-tion !

Pause pour laisser pénétrer le mot dans le cerveau d'Anna.

Son téléphone vibre, appel des Acacias.

– Pardon, c'est important, c'est au sujet de ma mère, je dois répondre.

La féministe n'est pas fille à s'émouvoir pour si peu. Peut-être qu'elle n'a pas de mère, ou pas de cœur.

– Bonjour madame Anna, il faut que vous veniez voir votre maman le plus vite possible. Elle a volé une valise dans la chambre de sa voisine, l'a remplie avec ses affaires et maintenant elle dit qu'elle veut rentrer chez elle. Elle est assise dans l'entrée de notre établissement, répète qu'un certain Roger va venir la chercher. On n'arrive pas à lui faire entendre raison, on n'y arrive plus, là, madame Anna. Il faut que vous veniez parce que quand elle s'énerve votre maman... Déjà qu'elle n'est pas commode tous les jours !

– Je viendrai en fin de journée, ça ira ?

– Avant le repas de 18 heures, parce que là, on n'arrive même pas à lui faire enlever son manteau.

Trouver les mots administratifs.

– Merci beaucoup pour votre obligeance et votre engagement sans faille auprès de ma mère, je passerai aux Acacias avant 18 heures, à tout à l'heure.

– Venez vite, elle vous réclame !

Regard exaspéré de l'apôtre de la sororité.

– C'est bon ?

– Oui oui, merci de votre obligeance !

Envie de commander une gourde de gniole.

– On en était à l'émotion ! La colère, les revendications, les manifs, on a vu ce que ça donnait. Rien ! Je ne dis pas qu'il faut arrêter mais chercher des solutions parallèles. Je voudrais faire un livre pour laisser s'exprimer mes émotions, et dire que les hommes aussi ont droit à la tristesse, à la douceur et aux larmes, tu vois.

Les émotions valent bien les opinions. La seule réponse à la violence du patriarcat, c'est l'émotion, la sororité, l'alliance des femmes. Toutes seules, on n'y arrivera pas, mais ensemble, reliées par nos émotions, on peut renverser la table, répondre par la douceur à leurs coups en douce. Tout ce qu'ils ne nous feront plus avaler. Fuck la pilule !

– La pilule contraceptive ?

– Oui tu vois, comme symbole du poison de notre époque, de cette merde que les hommes nous contraignent à avaler chaque jour parce qu'ils ne sont pas capables de penser que la contraception, c'est aussi leur affaire. Cette merde qu'on prend consciencieusement alors qu'on sait très bien que ça bousille nos corps. Et la planète, je ne te parle pas des poissons qui changent de sexe à cause de nos œstrogènes.

Anna pense à la petite vieille, manteau boutonné jusqu'au cou, assise sur un fauteuil fatigué dans l'attente de regagner un chez-soi qui n'existe plus. Tient-elle son parapluie serré dans sa main, elle qui refuse de marcher avec une canne et ne quitte plus son « pépin », comme elle dit ? Anna pense à la Nine flamboyante du jour de ses quinze ans, ses drôles de cadeaux « on n'est pas des moutons », un rendez-vous chez une gynécologue en guise d'anniversaire.

La doctoresse était venue chercher l'adolescente dans la salle d'attente et, alors qu'Anna refermait la porte du cabinet, elle se souvient comme si c'était hier de Nine lui adressant de joyeux signes d'encouragement, pouce levé et sourire comme lorsqu'elle partait en colonie de vacances.

Anna avait demandé si elle devait enlever sa culotte. La gynécologue avait ri. Ses mains étaient froides, la situation humiliante, écartelée sur une table recouverte d'une feuille de mauvais papier tandis que la dame, ainsi que tous les adultes sans imagination, lui demandait comment ça se passait à l'école. Bien. Et ses règles ? Bien. Et avec les garçons ? Bien aussi. En vérité, il ne se passait rien avec les garçons mais cet aveu lui semblait aussi humiliant que sa situation. Une ordonnance de Diane, troisième génération, « La plus sûre ! Mieux vaut prévenir qu'avorter », et une autre de pilule du lendemain, « Au cas où tu aurais un premier rapport non prévu, une petite bière et un bisou de trop et parfois on s'emballe ! » Anna avait envie de regarder derrière elle pour voir à qui cette femme s'adressait. La gêne emplissait chaque centimètre carré de l'espace, bureau posé sur de longues pattes d'animaux, bibliothèque de livres reliés en cuir, reproduction de Matisse, Anna souhaitait disparaître de la surface de la Terre. La dame avait pourtant cette drôle de tête que prennent les grandes personnes soucieuses d'être sympathiques avec les enfants, un air de « tu peux tout me dire », alors qu'ils n'écoutent que leurs questions. « Tes copines vont te jurer que la pilule fait grossir, mais c'est faux, c'est parce qu'elles se nourrissent mal, il ne faut pas tout mélanger, c'est bien pratique d'accuser la pilule et de se gaver de cochonneries. » Non, Anna était du genre à n'accuser rien ni personne, juste à fuir cette dame si gentille lui parlant de choses hors de propos. Dans la salle d'attente, Anna avait affiché son sourire de « tout s'est bien passé » tandis que Nine la félicitait, on aurait dit que sa fille avait remporté une compétition.

– Maintenant, on va acheter un soutien-gorge.

Ah non, c'était trop.

– Maman, je n'ai rien à mettre dedans !

– Alors, j'ai une meilleure idée !

Chez Alain Afflelou, Nine s'était installée aussi confortablement que si elle se préparait à un vol long-courrier, Anna craignait que sa mère commande un jus de tomate à la vendeuse.

– Prends ton temps, minouchette, choisis la paire que tu préfères.

Anna avait essayé l'une après l'autre toutes les montures de la boutique, « Martine pour vous servir » s'exaspérait, sa mère en rajoutait : « Ces grosses rouges-là, ça pourrait être chic », et lorsque la vendeuse à la trogne de prof de physique exaspéré par des élèves indisciplinés avait hasardé, « Je vais en profiter pour vous demander l'ordonnance de votre médecin, afin de faire la déclaration à votre mutuelle », le cœur d'Anna avait ralenti et Nine éclaté de rire, « Ma fille n'est pas une taupe, mademoiselle, nous n'avons pas d'ordonnance. » La chouette à lunettes avait failli perdre son sang-froid, mais Nine en imposait, cette mère n'avait peur de rien, et surtout pas d'une vendeuse en colère. Chaque année, depuis ses six ans, première visite avant la grande école, Anna sortait de chez l'ophtalmologiste avec les félicitations, une vue parfaite, dix sur dix à chaque œil, même pas l'ombre d'une myopie, « vous pouvez être pilote de ligne, jeune fille », et à chaque fois, dès l'ascenseur, des torrents de larmes de déception parce que ses amies rêvaient d'un animal familier, un chat ou même un hamster, mais elle se serait roulée par terre pour une paire de lunettes.

Chaque jour de sa vie, ses lunettes de verre blanc sur le nez, elle a avalé cette pilule magique avec un sentiment de reconnaissance pour cette mère et ses copines aux poils sous les bras qui s'étaient battues pour qu'elle puisse faire l'amour sans redouter une portée dont elle ne voulait pas. Au nom de sa petite vieille parcheminée – Nine doit maintenant transpirer dans son manteau, on surchauffe aux Acacias, en lissant, du plat de la main, comme si sa vie en dépendait, les vieux mouchoirs qu'elle trimballe dans ses poches, « ça peut toujours servir » –, Anna contre-attaque :

– Vous savez, ma mère était une grande militante de la cause des femmes, elle s'est battue pour qu'on rebaptise une rue de Paris rue Lucien-Neuwirth !

Blanc. Un partout. Non, à propos de rue, la fille veut désormais la peau de Badinter, « qui n'est jamais sortie de la rue Guynemer ». Enchaîne :

– L'art féminin, ça n'existe pas évidemment, mais je voudrais demander à des femmes artistes de dessiner nos émotions, et notre corps. Dessiner notre feu, notre sang, nos vies ! Une de mes amies dessine des vagins, magiques les jeux de texture !

Anna, les vagins, elle savait en dessiner avant même les bonshommes patates. Nine lui lisait *La Vie sexuelle racontée aux enfants* quand les autres mères racontaient l'histoire de cette andouille de Cendrillon et de ses collègues princesses, et elle n'a pas attendu que la rousse et ses copines s'insurgent contre le baiser non consenti infligé à Blanche-Neige pour savoir qu'« un jour mon prince viendra » n'était pas un destin souhaitable.

Anna a abandonné la partie, son esprit est dans le hall des Acacias.

– Et il faudrait adapter les villes aux émotions des femmes ! Quand le patriarcat aura pris conscience de ses émotions, on aura gagné.

Gling. Affaire des Miss France : Miss Poitou exclue de la compétition à cause de son âge.

– Vous savez que la maison d'édition pour laquelle je travaille appartient à un grand groupe capitaliste, je vous le dis juste pour être honnête.

– Moi aussi, je vais être honnête avec toi. Pour ce livre, j'ai le choix entre une éditrice jeune, qui publie des autrices prometteuses, et toi qui as plus d'expérience, déjà ta carrière derrière toi, tu ne m'en veux pas de te parler franchement ? (Toujours se méfier des gens qui précisent « parler franchement », les autres n'ont pas besoin de vanter leur sincérité.) Alors, tu vois, j'hésite, elle et moi on est sur la même longueur d'onde, on pense pareil, mais toi, tu sais faire des succès ! L'endométriose, ce n'était pas gagné d'avance. Et on ne va pas se mentir, cette histoire d'accident d'avion, si tu n'avais pas été derrière, elle aurait séduit qui ? Les pilotes ? Et moi, je ne vais pas me lancer dans tout ce boulot pour vendre à ma famille ! Tu comprends ?

Au lieu de répondre qu'elle comprend qu'elle est vieille mais sait faire du flouze, repartie d'une huître, Anna dit qu'elle comprend et l'autre qu'elle va réfléchir.

La fille gobe un mochi au gingembre, attrape le sautoir d'Anna :

– Je l'adore, il est magnifique, mais depuis le début de notre conversation, j'ai envie de te le dire…

– Franchement ? avance Anna.

– Exactement, ça ne se met pas derrière le col mais devant, là comme ça, sinon ça fait dadame ! Tu ne m'en veux pas !

Une couche de rouge à lèvres écarlate et mat, un bonnet.

– Merci pour le déjeuner, il faut que j'y aille.

Anna se retrouve avec une addition devant elle, sa carrière derrière elle et l'impression que la fille vient de l'empailler vivante.

Est-ce que même sa mère, elle doit la jeter aux ordures avec le poster de David Hamilton et la boîte de Diane troisième génération ?

Elle n'a jamais jugé nécessaire de partager les opinions des auteurs qu'elle édite, elle se sentirait semblable à un avocat défendant seulement des innocents. Le fait de publier des écrivains refusant de dîner ensemble l'amuse au contraire. Mais cette féministe, non, même sous la contrainte.

Parce qu'elle est la fille de sa mère. Cette insupportable qui pensait à sa place, voulait son bien, ne baissait jamais les bras, avait du cran pour elle, se levait le matin le poing déjà levé, visait le cœur, répondait au professeur principal, hurlait son dégoût des puissants, vomissait les abus de pouvoir, se donnait en spectacle dans les magasins, lui faisait honte, lui faisait de la peine, « il est un peu con ton père », pensait fort, parlait libre, s'enlaidissait et se vieillissait pour les femmes et pour sa fille, cette mère de mauvaise foi qu'on ne contredisait pas, cette mère qui tirait Anna propre comme un sou neuf de son bain bleu d'Obao, les microbes étaient plus redoutables que les polyphénols, pour aller distribuer de la soupe de légumes faite maison aux clochards, on disait encore « clochards », à la tombée de la nuit. Anna avait quoi, sept ans, portait le lourd thermos avec le même soin que si elle charriait un baril d'explosifs, trottinant dans les pas de Nine et de son caddie écossais rempli de gobelets en plastique, de sandwichs au jambon à l'os et de rochers Suchard à l'emballage rouge et doré « parce qu'il faut donner ce qu'on aime, ça n'a pas de valeur de donner des choses qu'on ne mangerait pas soi-même ». Anna s'exerçait à se boucher le nez sans le toucher, en compressant ses narines et en respirant par la bouche, curieuse de ces mains gonflées prêtes à exploser, ces ongles en tourbillon, ces visages aux écailles animales.

Anna est discrète, incertaine, ambitions nébuleuses et tempérament marécageux, une femme sans bruit, mais elle est forte de cette mère-là. Sa douloureuse merveille.

Ses talons claquent en sens inverse dans le couloir de Sèvres-Babylone, les réfugiés syriens sont inertes, à quelques mètres d'eux un accordéoniste joue des chansons à pleurer d'Édith Piaf. Après le silence radio de ce matin, Peter s'est réveillé, message, message, il veut la voir tout de suite, elle exige un terrain neutre. Va pour le Baudelaire, elle pourra toujours reprendre un gin-tonic. Dans le métro, un pauvre homme ânonne qu'il a besoin de sept euros quatre-vingt-dix pour dormir à l'hôtel ce soir et que ça ne lui fait pas plaisir de « faire le manche », les passagers sont sourds et aveugles, pas tous, une étudiante à AirPods sort des pièces de sa poche de jean en se tortillant sur son strapontin, Anna donne un billet de dix euros, reçoit un sourire de gratitude à lutter contre tous les orages, des regards mauvais des autres, ça l'étonne toujours ces yeux agressifs, une femme avec son sac serré contre son sein grommelle : « Ça les aide pas… Ça entretient… » Ronchonnements incompréhensibles. « Et vous, vous l'entretenez comment votre connerie, madame ? » Plus personne n'est sourd ni aveugle. Elle s'en fiche Anna, ce genre de sortie ne lui ressemble pas du tout mais elle est d'humeur sauvagement hilare, elle est invincible. Elle est la fille de sa mère.

Au café Baudelaire, le patron rigole sous un nouveau masque imprimé d'un Sunshine Christmas, « décidément, on ne se quitte plus aujourd'hui », Peter a le teint terreux, Anna est vibrante d'attente.

– Ce n'était pas important, attaque Peter. Rien même.

Anna est sans aucune certitude ; hier une éditrice en retard au comité de lecture s'est excusée : « Désolée, je visitais un appartement, parfait mais plein de moulures et de boiseries, et alors moi, j'ai horreur des plinthes ! » Ce genre de certitudes laisse Anna pantoise, elle ignore tout de ses sentiments envers les plinthes. « Je ne suis pas contre », c'est son maximum, elle n'a pas plus d'avis sur le plancher en points de Hongrie que sur la fidélité. Des bribes de l'interview d'une écrivaine lue dans *Elle* lui reviennent, quelque chose comme : si on quitte un homme aimé qui vous a trompée, on perd tout, la face et l'homme, alors autant garder au moins le bonhomme. Et aussi le célèbre « personne n'appartient à personne » de Nine, entendu bien plus souvent que « range ta chambre », Dolto préconisait le désordre, lorsqu'elle était enfant.

La fidélité, sa mère s'en fichait comme de l'an quarante, les hommes, elle ne les détestait pas comme Allegra, elle les méprisait plutôt vaguement, le couple appartenait à de l'histoire ancienne, l'amour était hors sujet, Nine balançait tout cela dans un vieux panier à salade qu'elle agitait devant sa fille. « Tu sais, la sexualité, ma minouchette, il ne faut jamais oublier que c'est juste un truc dans le machin, ce n'est pas important. »

Nine changeait souvent d'amants, sa mère parlait d'amis, mais sa copine Capucine Risi à qui on ne la faisait pas lui avait balancé, un samedi où elle avait croisé un « ami » de Nine : « Mais qu'est-ce que tu crois qu'ils fabriquent la nuit ? Ils couchent ensemble, alors ce sont des amants. » « Des bons amis », avait tranché Mamita lorsque sa petite-fille avait osé aborder la question, la vieille dame trouvait toujours une ruse délicate pour abonder dans son sens. Les bons amis avaient à peu près la même durée de vie que les professeurs de gymnastique, leurs relations avec Anna se réduisaient à quelques formules bien élevées lorsque parfois elle en croisait un le matin. Ils étaient gentils, lui offraient des cadeaux qui ne la concernaient pas : un tee-shirt orné d'une photo de la bande à Basile, des chats en porcelaine, un collier de perles de bois, un K-Way orange, elle aurait pu monter un petit musée avec tous ces objets étranges et étrangers. Si elle avait eu l'idée saugrenue de porter tous ces cadeaux ensemble, elle serait devenue une autre personne. Un matin, l'un d'entre eux, un médecin avec l'accent du Midi, buvait un thé dans une tasse ornée d'un « L'avenir appartient aussi à ceux qui se lèvent tard », qu'Anna, laquelle n'aimait que la grasse matinée, avait trouvé pour Nine dans un bazar de Barbès. Cette tasse tenue par ces doigts velus, le regard de sa mère sur le médecin, empreint d'une tendresse que sa fille ne lui connaissait pas pour le genre masculin, lui avaient donné l'intuition que cet ami-là n'avait pas tout à fait le même statut que les autres. Pour réduire son importance, Anna avait envoyé au type, « Vous ne le savez pas, mais vous buvez tous dans la même tasse, les amants de ma mère. » Le sentiment qu'elle commettait une mauvaise action, une injustice même, l'avait grisée de manière inédite. Il avait gloussé d'un gentil rire tandis que Nine la crucifiait d'un « Mais tu es jalouse, ma parole ! » Quelque temps plus tard, l'homme que Nine ne regardait pas comme les autres avait disparu lui aussi et l'enfant s'était demandé si c'était sa faute.

Anna, sa seule certitude, c'est Peter.

Alors ce « rien » sème le désastre, mine cet abri du monde qu'elle a mis tant d'énergie à construire. Partout, tout le temps, un truc la hèle, qu'elle ne sait pas nommer, mais qui voudrait la mettre à terre et la faire rouler dans la cendre et elle doit s'en protéger comme d'une bête sauvage. Comme s'il était dangereux de vivre. Et ce couple lui semble un rempart lumineux, une façon de vivre à l'abri de la mêlée. Elle a toujours jugé Belle du Seigneur complètement conne, elle adore cette intimité que d'autres abominent avec un jugement si impérieux, met au-dessus de tout l'impudeur née de toutes ces années partagées. Se sentir aimée sous son plus mauvais jour, s'embrasser dans les plis de la peau, poursuivre la conversation alors qu'elle fait pipi la porte ouverte ou la bouche bleue de dentifrice, montrer son visage froissé du matin et qu'il la trouve jolie, Peter ne fait pas la différence entre sa peau nue et sa figure maquillée pour la parade, voler ses chaussettes dans son tiroir et dire « c'est pas moi » lorsqu'il les cherche, s'endormir serrée contre lui, veiller à ce que son pied touche encore le sien lorsqu'il se tourne dans le lit, parler dans la voiture en revenant d'un dîner et constater qu'ils ont pensé la même chose au même moment, lui raconter longuement un truc très très grave arrivé cet après-midi et qu'il réponde d'un laconique « on s'en fiche, des médiocres » lui remettant les idées en place, elle adore son calme, elle aime l'agacer en lui disant qu'il est un bon compagnon et il lui répond « *call me* Lassie chien fidèle », elle aime même quand il l'appelle « grosse bête » et qu'elle s'énerve de cette expression si peu sexy, elle aime la répétition du même qui berce, ce ronronnement exactement contraire à la passion qui dévaste, cette autorisation à être soi, elle se vautre dans la confiance, elle chérit ce qu'ils sont ensemble, et c'est cet idéal d'eux-mêmes qu'il saccage.

Elle l'aime, elle ne le quittera pas d'une semelle, mais elle est prête pour une partie de grand-guignol.

– *It was nothing*. Je n'avais même pas envie de déjeuner avec elle après.

– Elle te coupait l'appétit ?

– Elle n'existe pas.

– Si, elle existe, justement. Mais tu la voyais où ?

– À Marseille.

– À Marseille ? Elle est marseillaise ? Elle a un accent, comme toi ? Vous vous êtes reconnus entre accenteurs ? C'est cela qui t'excitait, baiser avec l'accent ?

Anna a envie d'être vulgaire, à la hauteur de ce tas d'ordures qu'elle découvre.

– Non, elle n'est pas marseillaise, mais je ne voulais pas que ça se passe à Paris, alors on s'est retrouvés à Marseille.

– Ah, c'est le jour où tu m'as dit que tu avais une conférence très importante ?

– Oui.

Anna n'a pas une âme de détective, son mari part souvent donner des cours en province, elle ne cherche guère à en savoir plus, chacun a sa vie professionnelle, ils ne s'en mêlent pas, s'en disent seulement ce qu'ils ont envie de partager, mais c'est étrange, elle a une vision très nette de Peter, ce matin marseillais, disposant ses affaires dans une trousse de toilette rouge. Et aujourd'hui elle clignote, semblable à un gyrophare. Il était tôt, elle était encore dans son lit duquel on aperçoit la salle de bains.

– Elle est nouvelle cette trousse de toilette ?

– Non, oui, pharmacie...

Peter n'avait pas été très clair, mais bon, elle n'allait pas se mettre martel en tête. Elle le regardait préparer son rasoir, sa mousse à raser, une brosse à cheveux, un échantillon de parfum qui sentait bon l'orange, une brosse à dents, un caleçon et une chemise propre. Elle se souvient qu'elle l'avait trouvé particulièrement séduisant ce matin-là.

Elle est la plus forte, elle parle trop fort, elle le ratatine, alors qu'elle déteste avoir le dessus avec lui.

– Et elle s'appelle comment ?

– Ça t'avancera à quoi de le savoir ?... Aude Boer.

– Ah bon, elle n'est pas marseillaise, elle est belge ? Elle a l'accent ?

– Arrête avec tes accents. Mais non elle n'est pas belge.

– Elle n'est pas marseillaise, elle n'est pas belge, elle est quoi alors ?

– Mais je ne sais pas, elle n'est rien.

– Comment ça, elle n'est rien, elle vient bien de quelque part.

– Je ne sais pas.

– Vous n'avez pas parlé, vous n'avez que fait l'amour, c'était tellement bien que vous n'aviez pas le temps de parler, vous vous arrachiez vos vêtements dans l'ascenseur avec vue sur le Vieux-Port.

– Mais arrête, t'es complètement folle.

– Oui je suis folle de rage contre toi, mais surtout contre moi qui n'ai rien vu venir. Contre toi qui me transformes en virago, alors que je déteste les viragos, et là, à la minute, tu dois te dire « pourquoi je suis avec une virago et pas avec cette fille sublime qui vient de nulle part et qui m'arrache mes vêtements dans l'ascenseur ».

– Tu dis n'importe quoi, arrête avec ton ascenseur.

– OK il y a pas d'ascenseur, une chambre au rez-de-chaussée, une fille sans accent et sans nationalité, une apatride et une virago. Remarque, je préfère encore mégère que victime, aujourd'hui tout le monde pleurniche, moi je déteste ça, je ne veux pas être une victime avec toi en coupable, la queue entre les jambes. C'est pathétique, je suis devenue pathétique. Je suis tellement fatiguée le soir que j'ai à peine le courage de me déshabiller pour mettre une nuisette grisâtre, j'aurais dû passer ma nuisette au blanco, ça ne serait pas arrivé.

– T'es folle !

– Elle avait des gros seins ? Oui ? Non ? Et combien de fois avec la salope apatride ?

– Je ne sais pas.

– Si tu ne sais pas, c'est que c'est beaucoup, tu n'as pas assez de doigts pour compter. Combien d'allers-retours à Marseille ?

– Mais on n'allait pas toujours à Marseille !

– Ah monsieur l'Américain n'a pas fait longtemps son délicat avec sa Belge. Paris, nous voilà ! Vous alliez où alors, chez elle, à l'hôtel ?

– À l'hôtel à l'heure du déjeuner.

Elle imagine Peter s'habillant le matin devant elle, se déshabillant quelques heures plus tard devant une autre, rentrant le soir, ouvrant le frigidaire sans même enlever sa veste, j'ai faim, je n'ai pas déjeuné, et elle qui n'a rien vu, deviné, senti.

Elle est une femme d'un autre temps, où tromper n'est pas jouer, mentir c'est tricher, elle croit en la loyauté des corps. Combien de fois s'est-elle contrainte à anéantir le regard d'un homme qui lui plaisait, répéter « mon mari » à chaque phrase, décliner un dernier verre, refuser ce qui aurait pu se passer parce qu'elle ne voyait pas comment elle aurait pu rentrer chez eux avec les baisers d'un autre sur les lèvres. Elle est la somme d'occasions manquées. Elle ne sait plus si c'est grave. Hé, les colleuses, c'est grave ? C'est drôle comme l'amour n'intéresse plus que celles qui l'autopsient. Anna a l'impression que sa substance même est attaquée, son corps montré du doigt, la cellulite derrière ses cuisses, le gras de ses bras, les cernes noirs indélébiles même après douze heures de sommeil. Cette Belge marseillaise vient lui rappeler qu'elle est cette femme à la peau molle dépensant son énergie à faire tourner la baraque et à y user tout son éclat. Et tout à coup, elle se vomit d'avoir oublié d'être une femme séduisante, rompue par son double emploi d'éditrice parfaite et de mère nourricière tandis que Peter jouait le père enchanteur, de retour à 20 heures dans une tanière bien rangée pour faire le beau auprès de ses filles. Les rôles sont distribués, *good cop, bad cop*, mais elle n'a même pas droit au prestige de l'uniforme dans ses vêtements froissés par la journée. « Ce soir, tu es un peu vieille, lui murmurait Joy, on dirait que tes rides sur le front ont poussé aujourd'hui. Mais ce n'est pas grave, maman, c'est normal. »

Anna parle trop fort.

Jean-Claude arrive, l'air de ne pas montrer qu'il est étonné, Anna remarque pour la première fois le petit tatouage de Rocky sur son avant-bras, surgi de sa chemise blanche, elle le montre du doigt pour faire diversion : « Moi j'adore Adrian. »

Elle a horreur de se donner en spectacle.

Elle se lève.

De toute façon, elle doit aller au bureau, elle est en retard, elle imagine déjà le regard exaspéré de la cheffe à la bouche rouge, elle fuit.

Elle n'a plus de courage pour les escaliers du métro, elle court dans la rue en quête d'un bus au bon numéro, et au bruit de ses bottes, les passants se retournent, ce n'est pas banal une femme en cavale sur des talons hauts. Elle court de plus belle, elle a renoncé à toute dignité, on s'arrête pour la regarder, les boutiques défilent, un supermarché a remplacé le magasin de pianos, « Cheese of the World », c'est nouveau, elle ne lui donne pas longtemps pour mettre la clé sous la porte, « Boudoir for dames », « Bouquets pour tous », zut, elle a oublié les fleurs, elle transpire, des gouttes collantes comme lorsqu'on n'a pas assez dormi. Elle reprend son souffle devant un feu vert, la circulation est dense, elle repart devant les automobiles à l'arrêt, manque se faire renverser par un cycliste, elle est cette vieille Parisienne pas encore habituée à regarder à gauche avant de traverser, elle hurle « C'est rouge », il hurle « Salope ». Elle est statufiée.

Anna avait dix ans. À force de supplications, elle était si docile il fallait bien parfois que Nine cède, l'enfant avait arraché l'autorisation de se rendre seule à son cours de danse. Elle prenait le métro puis remontait la rue de la Pompe, Nine disait la « rue de la Godasse », elle se sentait immense de marcher toute seule, et pour être en phase avec les circonstances, elle se forçait à penser à des choses importantes. Le souvenir est parfait, brillant et aigu comme un silex, elle revit cette nanoseconde où elle se disait qu'elle serait chirurgienne, qu'elle ferait le bien, « la clé d'une existence réussie », elle revoit la typographie de la formule découverte dans *Okapi*, elle n'a pas vu la moto débouler sur le passage pourtant clouté, à quelques mètres de la boutique de chaussures Maralex, des chaussures rue de la Pompe rigolait Nine, où Antoine Doinel tombait amoureux de Fabienne Tabard, les images se mélangent. Pas le temps de crier qu'Anna était déjà à terre. L'une de ses bottes blanches était abîmée, le cuir incrusté de l'empreinte du pneu, elle ne pourrait pas cacher l'incident à Nine et serait obligée de faire de nouveau les trajets en voiture, avec une affreuse mère à la voix pointue, sa liberté était foutue. Les gens s'attroupaient, lui intimaient de ne pas bouger, voulaient appeler les pompiers, un embouteillage se créait, ses oreilles bourdonnaient de « comment te sens-tu ». Parmi les passants, un homme la regardait d'un air qu'elle n'aimait pas. Il avait les cheveux longs, on les aurait dit encore mouillés. Elle voulait qu'il arrête de la fixer. Il n'avait pas parlé bien fort, mais suffisamment pour qu'elle l'entende, fixant sa petite culotte sous sa jupe relevée, « La salope, elle est bonne ! »

Personne n'avait eu le temps de la retenir, elle s'était relevée pour courir furieusement, elle avait dépassé le coiffeur Mod's Hair, l'école de garçons au perron de maison de campagne dont les élèves avaient toujours l'air de débarquer d'un mariage, le bureau de poste sinistre à l'angle de la rue Gustave-Courbet, la librairie de la taille d'un cagibi où elle achetait parfois en cachette des albums de Lili et Aggie, le garage Citroën, l'école des filles habillées en bleu marine, l'église portugaise, elle fuit les mots sales de cet homme.

Aujourd'hui, elle va le rattraper le cycliste, merci madame le maire, même les vélos sont à l'arrêt, il est habillé comme un faux jeune mais doit avoir son âge, elle hésite entre cracher sur son air ahuri ou l'assommer avec son sac lourd de manuscrits, Nine lui a appris à ne jamais dire « les hommes », ni « les femmes » d'ailleurs, mais tout à coup les hommes et leur « salope », elle les hait. Ce n'est pas un jour à finir au commissariat, « maman, fais des efforts », sa fille et un chapon l'attendent, elle se reprend avec cette idée fausse et folle dont elle se gargarise quand même, si elle se comporte bien, la vie, un jour ou l'autre, le lui rendra, « la clé d'une existence réussie ». Parfaitement bien élevée, elle lance :

– Vous avez manqué m'écraser et après vous m'insultez !

– Salope !

– Petite bite !

Elle est stupéfaite par ce cri sorti d'elle-même. Il est rougeaud d'un coup et muet. La rue entière guette la suite, confite dans sa lâcheté. Elle le regarde dans les yeux jusqu'à ce qu'il baisse le regard sur des chaussures pointues, conclut d'un « Pauvre type ! », se sent Céline Dion sur la scène de Las Vegas, si elle savait danser, elle danserait. Elle recale son sac sur son épaule avec une assurance nouvelle, et se remet à courir. Et un bus débarque du ciel. Et elle pense à Axel hurlant « Mort aux cons ! » à un auteur qui le regardait de travers au festival de Brive. Axel avait besoin d'en découdre avec la lâcheté, l'injustice, le mensonge, que sa lucidité lui faisait regarder sans artefact jusqu'à rendre le monde inhabitable. Elle l'implore en silence de lui donner un peu de sa force.

Dans l'ascenseur du groupe, on ne doit plus dire « maison », il faut être « corporate », face au miroir, difficile d'échapper à son propre regard, elle fait moins sa fière avec sa tête de bougie fondue. Elle est la fille de sa mère, elle est l'amie d'Axel, elle est même la femme de Peter, ce con qu'elle aime depuis dix-neuf ans, elle se sent forte de sa petite troupe de morts vivants malgré le mascara qui dégouline. Elle chausse une paire de lunettes de soleil, bien joué, avant d'arriver à son bureau, dans le couloir, elle croise la patronne à la bouche rose fuchsia. Sans doute celle-ci imagine-t-elle qu'elle sourit. Elle tapote sa montre. « Je te rappelle qu'on a rendez-vous. » Anna prend sa tête de mondaine exaspérée, elle sait faire aussi. Ne s'excuse pas pour une fois, « j'arrive dans cinq minutes ».

Son bureau aux objets familiers. Piocher dans la trousse de maquillage de Louison, il la retient en otage ou quoi le chanteur ? Consulter son téléphone et tomber sur un message de sa mère :

On m'a volé mon Perfecto !

– On va chercher, maman, j'arrive le plus vite possible.

– C'est embêtant parce que j'avais laissé dans la poche ma carte de famille nombreuse. J'en ai besoin pour rentrer chez moi.

– Ta quoi ? Tu n'en as pas, maman, je suis fille unique !

– Oui mais j'ai avorté trois fois !

– Quand même ! J'arrive très vite ma petite maman.

Et un message de Peter :

I love you.

– *Moi non plus.*

La cheffe attendra. Ça la prend comme une envie de justice. Anna va trouver le temps d'écrire un mail au proviseur qui n'aime pas les marioles, elle a envie d'en découdre, lui signaler que le professeur de SVT a comparé sa fille à Hitler, « Et vous en conviendrez, un rendez-vous avec cette personne malintentionnée s'impose rapidement, avec mes sentiments les plus respectueux. »

Elle se sent plus légère. Elle voudrait leur crever les yeux à tous.

L'assistante de la cheffe semble avoir encore rétréci dans le bocal lui servant de bureau, la crainte de mal faire la conduit à enchaîner les catastrophes, son bonjour fébrile serre le cœur d'Anna.

– Elle n'a pas l'air d'aller fort, ton assistante !

– C'est une victime consentante ! Sa mère devait être abusive, elle adore qu'on la maltraite ! Je voulais te présenter Charles, notre nouveau directeur multimédia, et community manager sur tous nos réseaux sociaux.

Charles est un grand écart vestimentaire, la casquette en cuir de Freddie Mercury et les mocassins à glands de Jean d'Ormesson ; il parle avec le phrasé doucereux de Jean-Claude Brialy, commence toutes ses phrases par « Ma chère », les termine en anglais. Pourtant dotée d'un mari certes infidèle mais américain, Anna attrape bien un « *be water* » récurrent mais ne comprend pas le sens général du discours. La cheffe n'a pas l'air d'en saisir davantage, elle est dans ses petits souliers, cet homme lui en impose. Pour la première fois, elle ne semble plus faite uniquement de torts et de travers, peut-être que c'est un genre qu'elle a de se rendre inhumaine, qu'elle a dû adopter les bonnes vieilles règles du patriarcat pour en arriver là, comme si endosser les pires attributs du pouvoir masculin, la morgue et la violence, était la seule manière qu'elle avait trouvée pour réussir. Désarçonnée par un jargon qui n'est pas celui de sa génération, elle est démasquée. Peut-être qu'elles pourront travailler ensemble finalement. Anna se met à parler anglais, Freddie Mercury est enchanté, la cheffe légèrement humiliée se ressaisit :

– Sans existence sur les réseaux sociaux, on est morts.

– Sans bons textes, on est cuits aussi, je vais travailler.

– Sylvana arrive dans un petit quart d'heure…

– Sylvana ?

– L'influenceuse spécialiste de la ménopause. Elle rêve de travailler avec toi. Elle t'adore !

Dans le couloir, une stagiaire jeune et jolie l'arrête :

– Je suis Charline !

Anna est prête à jurer sur la tête de ses enfants que c'est bien ce que dit la fille avant de lui demander :

– Vous vous rappelez de moi ?

– Évidemment.

La stagiaire lui avait tapé dans l'œil avec ses vestes vintage rose fuchsia – Louison en avait rigolé, « Moi, habillée comme ça, on m'embarque ! » –, et l'avait impressionnée par sa connaissance de Virginia Woolf.

– Je vous adore.

C'est une manie aujourd'hui, elle se déteste et on l'adore.

– Ce livre de Stéphanie que vous avez publié m'a bouleversée. Et puis vos boots, j'adore aussi. Je me permets d'être un peu familière, vous êtes tellement classe. Je voulais vous dire merci, pas à titre professionnel, à titre personnel, ce que vous faites, c'est bien. (Charline se tape sur le cœur.) Ça me fait du bien là.

– Je n'ai pas sauvé des enfants non plus ! Tenez, venez avec moi, on va sauver les vieilles, vous verrez, vous allez être bouleversée, Charline. On est loin de la grande Virginia, mais il faut bien commencer, moi je suis passée directement d'un mémoire sur Pierre Jean Jouve à l'édition d'un guide du régime musette, on ne se nourrit que de cueillette !

Sylvana l'attend dans son bureau, assise sur une demi-fesse. Elle est blonde, splendide, pas à tortiller, l'éclat d'une trentenaire non entaché par une mère égarée dans un hall aux Acacias et un proviseur peu amateur de marioles. Respect. On dirait qu'elle est éclairée de l'intérieur.

– Vous avez des enfants ?

– Non, je n'ai pas eu cette chance.

Tout s'explique. Anna n'ose pas lui demander si elle a une mère, Sylvana est si heureuse à l'idée de faire ce livre avec elle, sourire de fouine sous acide, elle en a un peu marre de tous ces clichés autour de la ménopause, elle savoure le mot, mieux, elle se rince la bouche avec.

– Prendre de l'âge, c'est magnifique.

Silence. Suspense.

– Parce que ça veut dire que vous êtes en vie.

L'argument semble imparable, quoique, Nine est en vie, pas de quoi se réjouir. D'accord, Anna est de mauvaise foi, Sylvana ne faisait évidemment pas allusion à des grabataires mais à des quinquagénaires.

– Des quinquajoyeuses capables de traverser avec le sourire ce bad tunnel à la mauvaise réputation qu'est la ménopause, ces quinquagéniales qui ont gagné le droit d'être enfin libres, vous savez comment j'appelle ça, moi ? L'âge positive freedom !

– Tout de même, Sylvana, je ne veux pas jouer les rabat-joie, mais les vertiges, la peau rêche, les bouffées de chaleur… la ménopause possède aussi son lot d'ennuis difficiles à supporter !

– Pas si on observe mes trois mantras : hygiène de vie, alimentation saine et exercice physique. Par exemple, j'en ai un peu marre qu'on dise qu'on prend for-cé-ment du poids à ce moment de la vie. C'est faux ! On enlève le pain, le sucre, le fromage, le vin, et mon truc à moi, c'est que je prends tous mes repas dans une assiette à dessert. Ni vu ni connu, pas un kilo de pris.

Anna a un peu envie de lui répondre que, si elle a bien compris, il suffit donc de ne pas manger pour ne pas grossir, mais non elle ne cédera pas à la méchanceté facile, elle compose un silence enjoué.

– Pour le sommeil, un dîner léger, une petite salade de tomates, et on dort comme un bébé. Moi mon truc, pour faire exhaler le goût des tomates en hiver, c'est de les saupoudrer de levure de bière, jamais de sel, on pense à nos chères artères. Pas d'écran après 20 heures, la valériane est très efficace, et c'est parti pour un bon sommeil réparateur et un teint de nouveau-né. Et puis, on n'oublie pas de bouger ses fesses. Moi, je fais une heure de vélo d'appartement chaque matin, devant les nouvelles, je ne vois pas le temps passer !

L'emploi du mot « nouvelles » trahit son âge, Anna n'en dit rien.

Et Sylvana conclut :

– C'est si joyeux la cinquantaine ! Et on se trompe, on se trompe, au prince charmant, préférons son cheval blanc !

Anna se dit qu'elle a dû manquer un wagon, faudrait-il coucher avec un cheval pour une meilleure hygiène de vie ? Mais Sylvana est très sympathique, très convaincue à défaut d'être convaincante, les filles vont adorer et Maupassant peut dormir tranquille.

– Sylvana, vous écrivez un synopsis, je vous prépare un contrat, on se revoit la semaine prochaine pour finaliser tout ça. Vous travaillerez avec Charline, elle a vingt-deux ans, mais un master d'édition, vous verrez, elle est formidable, et puis, vous allez lui faire gagner du temps ! Salade de tomates dès vingt ans, elle vivra bicentenaire la gamine !

Le bureau est constellé de post-it de toutes les couleurs, de manuscrits et de courrier non ouvert, Cécile son assistante est en congé maternité depuis un an et trois mois, compte nourrir sa petite au sein jusqu'à son entrée à Montessori, Anna doit absolument l'appeler pour la convaincre de revenir, deux appels en absence de Sunshine, trois des Acacias, sa mère l'attend toujours dans son vestibule.

Le chauffeur de taxi est iranien, ancien professeur, exquis, pas une plainte, même les embouteillages n'entament pas son humeur, il adore la Ville lumière, oui bien sûr, elle peut téléphoner, « Vous êtes chez vous. »

Elle tape le numéro de Cécile en observant que l'édition ne sera bientôt faite que de Cécile et de Céline, et puis des Charline aussi, mais elles sont plus jeunes.

– Cécile, comment vas-tu ma chérie ? Et Léonie, ah elle marche, génial, elle est grande maintenant, tu vas pouvoir venir retravailler. Non laisse-moi finir, pas pour moi, pour toi, parce que les choses ont changé, et quand tu vas revenir, la grande patronne ne peut pas te virer mais elle va te nommer apparitrice en chef, tu vas distribuer le courrier, et le temps que les syndicats s'en mêlent, tu n'auras plus de quoi payer la crèche !

– Je ne peux pas, je la nourris encore !

– Mais elle a plus de dents que moi ! T'es la meilleure, Cécile, la plus douée, la plus scrupuleuse, la plus généreuse, les auteurs font des incantations vaudoues pour que tu reviennes, je travaille jusqu'à point d'heure depuis quinze mois pour faire ton boulot à ta place. Elle fait ses nuits quand même, Léonie ?

– Oui !

– Tu vois, ça va lui faire du bien de voir d'autres visages que le tien !

– Mais est-ce que ça va me faire du bien à moi, tu t'es posé la question ? Je n'ai pas envie de devenir comme toi, je veux la voir grandir !

– OK t'as gagné, prends ton temps, faut que je raccroche, ma mère m'attend.

Est-ce qu'Anna devient aussi une cheffe sans scrupules ? Elle protégera Cécile de toutes ses forces, parce qu'elle pense de toutes ses forces que la seule chance de s'en sortir, c'est la solidarité féminine. Au fait, ça ne se fait pas de coucher avec le mari d'une autre. Sa colère évolue doucement pour changer d'objet, se déplace de Peter à cette Marseillaise belge qui s'en balance des alliances et des familles, mais quelle conne !

Son téléphone crépite de messages. Ses amies, chacune son genre.

Sunshine.

Tu es où ? J'ai croisé Peter en grand deuil, il m'a tout raconté, le benêt. Pour la castration chimique, on verra plus tard, pour le dîner de ce soir avec ta fille, j'ai un vieux chat dodu dans ma chambre froide, avec beaucoup d'échalotes, tu pourras le faire passer pour un civet de lapin. Mais non je plaisante, des lasagnes végétariennes viennent de tomber du ciel, enfin pour être honnête d'un restaurateur italien persuadé que j'ai sauvé son Jack d'une mort presque certaine. Je les déconstruis un peu au scalpel, histoire de leur donner un petit air maison, et je t'apporte le tout à 19 heures au Baudelaire avec une farandole d'antipasti. Repue, elle va être, ta grande.

Louison.

Sunshine m'a appelée. Non, mais c'est quoi cette histoire de fous ? Peter, à qui on aurait donné le bon Dieu sans confession ! Je pense aux mois délicieux après la tempête, homme coupable = homme parfait, tu vas voir, il va même trouver tout seul le chemin du Biocoop. Dans une semaine, il a sa carte de fidélité et des billets pour New York. Le singer m'a enfin relâchée, il voulait les écrire tout de suite ses mémoires. Quand il a commencé à sortir ses albums de famille, j'ai cru que j'allais dormir au prieuré. Cela dit, on va bien s'amuser, il a beaucoup d'esprit, et il n'a pas seulement du talent, il a même couché avec Joséphine Baker, le coquin ! J'ai envoyé un texto à la cheffe, m'a déjà répondu, et tu sais quoi, on dirait que c'est elle qui a décroché le vieux ! Je repasse au bureau, tu y es encore ? Sinon, 19 heures au Baudelaire.

Séraphine.

Comment te sens-tu ? Les bras m'en tombent toujours, Peter, notre héros. Tu sais, cette histoire me le rend très humain, il était trop parfait. Je te connais, tu vas culpabiliser, mais n'oublie pas que c'est lui le fautif. Ne te mets pas trop la pression. On a la vie pour s'en parler mais on se retrouve à 19 heures au Baudelaire. T'embrasse tendrement, ma douce.

Depuis combien de temps Nine attend-elle, posée sur une bergère, dans le hall des Acacias ? Sa mère ressemble à une petite vieille dessinée par Quentin Blake, une esquisse en noir et blanc, la masse sombre de son manteau boutonné lundi avec mardi, la tache presque phosphorescente de ses mains blanches croisées sur ses genoux serrés, des jambes couvertes de bleus, des joues sans couleur, ses pieds chaussés de baskets près d'une valise inconnue encore recouverte de lambeaux de plastique. Quelque chose est rompu dans son attitude. Mais son regard est dur. En lui caressant la tête, Anna remarque pour la première fois des zébrures rose pâle, même ses cheveux en ont assez.

– Ça va ma petite maman ?

– Tu sais, minouchette, tu me demandes parfois ce que je veux, pas pour le souper du soir, vraiment, eh bien je veux rentrer chez moi.

Comment trouver les mots, il n'y a plus de chez-toi, avouer cette vérité, plus on vieillit, plus l'espace vital se rétrécit, on vous enlève de votre appartement pour vous mettre dans une pièce, puis dans une barquette, puis dans une boîte, en vous faisant croire que c'est pour votre bien parce qu'on n'a pas d'autre issue. Une fanfare joue du côté de la salle à vivre, comme on l'appelle ici, Anna entend la fin de « I Love You Baby », cherche des mots appropriés, zaï zaï zaï, la fanfare attaque Joe Dassin avec un entrain communicatif, une affichette placardée au-dessus de la tête de Nine annonce la venue de l'orchestre de la Fondation Raoul Follerau, elle se souvient du film sur les lépreux dont la projection l'avait terrorisée à l'école, et elle se plantait parfois des aiguilles dans les doigts pour être sûre que ça lui faisait mal. Peter et sa Marseillaise, sa mère et sa valise, les lépreux, le conseil de classe, les professeurs doivent lui régler son cas à l'élément difficile, mais comment font les gens ? Rien de grave ? Il faudrait qu'elle randonne au moins jusqu'à Lisbonne, aller-retour, pour se sentir allégée des tourments de cette journée sans fin.

– Tu voudrais aller où, maman ?

Regard interloqué.

– Chez moi, rue de la Glacière. Tu ne veux quand même pas que je retourne chez ma mère, à mon âge !

– Mais maman, la rue de la Glacière, c'est fini, rappelle-toi, tu as rendu l'appartement quand tu es partie vivre avec Roger !

– Parlons-en de celui-là, je l'appelle, je l'appelle et ce n'est pas sa voix qui répond.

Il n'y a plus de Roger, plus de rue de la Glacière, seulement ces Acacias où l'on ne veut plus d'elle, d'ailleurs la directrice arrive, Mme Gélin a sa gentille voix des situations difficiles et la délicatesse de s'en tenir à des idées générales.

– Cela devient trop difficile avec votre maman.

– Je suis désolée, je sais, madame. Mais je ne vais pas la ramener sur mon dos dans un chez-elle qui existe uniquement dans sa tête. On ne pourrait pas lui donner un remontant, vous n'avez pas du whisky ? Elle adorait ça, un verre le soir avec de l'eau Perrier. Et comme ça, elle... remontera dans sa chambre.

– Vous n'y pensez pas ! (La voix sucrée s'envole dans des aigus outragés.) On va plutôt lui faire une piqûre pour la calmer, nous devions attendre votre autorisation. Elle doit être fatiguée. Elle n'a pas voulu prendre ni son petit déjeuner ni son déjeuner.

– C'est parce qu'elle ne voulait pas manger ses yeux !

– Madame, j'ignore de quoi vous parlez, mais je peux vous affirmer qu'on n'y arrive plus avec votre maman. Voilà des heures qu'elle ne veut plus bouger de ce « lobby » (elle prononce à l'américaine). Pi, il va falloir trouver une solution.

– Mais elle est très heureuse ici, elle adore Jeannette. Vous ne pouvez pas la chasser tout de même. On pourrait sans doute changer son traitement.

– Votre mère insulte tout le personnel depuis trois heures. Je n'ose même pas vous répéter. Elle est calme désormais parce qu'elle est épuisée.

– Maman, on va remonter dans ta chambre.

– Je ne veux pas rester une minute de plus dans cet endroit que je ne connais pas.

La directrice part chercher de l'aide. Accroupie aux pieds de sa mère, Anna lui masse les jambes doucement, une infirmière arrive, Nine rugit, elle veut le docteur Quéquette.

– Vous voyez !

Et puis Nine devient toute molle, c'est comme une petite mort.

Anna aide à la déshabiller, sa chair est tendre, sa peau glacée, Anna embrasse le corps mou, sa mère sommeille, vieille au bois dormant dans de beaux draps.

Anna a apporté la parure Laura Ashley, Nine disait « parure », douce d'usure, dans laquelle elle dormait petite fille rue de la Glacière, espérant naïvement que les fleurettes au mauve passé, mêlées à l'odeur de savon de Marseille, scintilleraient tel un phare du passé dans la nuit de sa mère. La couverture rose saumon à l'étiquette brillante de jadis, « 100 % laine vierge », est toute crépue, sa mère hier si précautionneuse avec les objets l'a sans doute fait bouillir à la machine, peut-être s'est-elle souvenue qu'elle craignait les microbes plus que la peste. Tiens, cela fait un bail qu'Anna n'a plus vu une couverture, ça n'existe plus les couvertures, jetées au placard par les couettes, remplacées sur les canapés des salons par des plaids hors de prix pour faire joli.

Sa nouvelle mère dort, cette inconnue qu'il faut aimer comme l'ancienne, elle habite déjà avec deux mutantes, adolescentes dont les traits se transforment chaque jour, dont les conversations s'interrompent net lorsqu'elle entre dans leur chambre, « Attends, y a ma daronne ! Tu vois bien que je suis au téléphone... Le contrôle de français ? T'inquiète, j'ai géré. » Cinquante ans, « le bel âge », l'air de fouine exaltée de Sylvana lui revient, « parce que c'est passionnant, quand on ne se reconnaît plus soi-même, d'inventer d'autres chemins ». Mais, chère Sylvana, des chemins de croix. Sa vie ressemble à une équation à plusieurs inconnues, son visage qu'elle n'identifie plus dans le miroir, sa mère étrange, ses filles étrangères, qu'il faut soigner, chérir et nourrir, la sainte trinité des femmes, alors même qu'elles ne semblent développer aucune envie particulière qu'elle s'immisce dans leurs affaires, absorbées par des fiancés charmants et périssables, dès qu'Anna s'attache, ils disparaissent, mais qu'est-ce qu'il est devenu Roger ? Elle, « belle et bonne dans sa peau de cinquante ans », doit faire avec un mari dans son jus, le seul être humain de cette famille à être resté le même, excepté les rides mais pour un homme c'est normal, c'est même parfois séduisant. Le jour où l'on dira d'une femme, « Sa ride du lion est si sexy », elle s'engage à aller placarder des cols de l'utérus dans le métro. Mais non, même Peter a muté, avec sa maîtresse sûrement charmante et, espère-t-elle, périssable.

Anna n'a jamais réussi à savoir comment sa mère, à soixante-dix ans et pas mal de poussières, avait rencontré Roger. Après des versions contradictoires servies avec gourmandise par une Nine en roue libre – un ami de son amie Jacqueline dont Anna n'avait jamais entendu parler auparavant, l'ancien directeur de l'école maternelle des petits-enfants d'une « connaissance », « j'ai tout de même le droit d'avoir des connaissances » –, elle a renoncé. Sa mère a toujours usé de tous les droits, y compris de réécrire son existence en tordant la réalité.

Peter avait surnommé Roger, un mètre quatre-vingt-dix, aussi large que chauve, des bagues en argent ornées de têtes de mort à tous les doigts, « l'homme providentiel », et il n'avait pas tort.

Roger appelait Nine « mon serin », assurait qu'il se ferait hacher menu pour elle, ce qui faisait glousser le serin, « Heureusement mon poussin que personne ne te le demande car il faudrait un sacré hachoir ! » Anna n'avait pas mené l'enquête qu'elle aurait dû avant de laisser sa mère s'installer en Normandie chez cet homme à l'identité floue mais, après tout, sans mobile apparent. C'était la maison de Roger ou la maison de retraite, et elle s'était persuadée que chez Roger, pour le moment, c'était mieux, d'autant que ce géant surgi de nulle part passait ses journées à conduire Nine chez des médecins variés, à ce rythme-là il vivrait jusqu'à cent cinquante ans, le serin.

Anna se souvient de sa dernière journée passée chez Roger et sa mère. Des palmes en plastique turquoise trônaient sur le buffet de l'entrée, à côté d'un gigantesque bocal en forme de tête de mort, rempli d'un liquide noir et visqueux qu'on recueillait à l'aide d'un robinet en plastique, « Roger fait lui-même son vinaigre. » Le salon avait l'allure d'un vide-grenier, le masque de plongée assorti aux palmes turquoise était posé sur une pile de journaux, à côté d'une chaise haute de bébé. Des vêtements roulés en boule jonchaient le sol parmi des feuilles marron d'assurance maladie, les bottes en cuir Carel, vestige de la rue de la Glacière, étaient enfermées dans une cage à oiseaux, vide de tout volatile. L'abandon a une odeur particulière, tout était crasseux, et pas d'hier. Comment faire coïncider sa mère d'avant qui honorait la propreté comme le premier pilier de la sagesse avec cette mère du désordre aujourd'hui, les deux images ne se superposaient plus.

Anna masquait du mieux qu'elle pouvait son désarroi, après tout elle n'était pas une employée des services sociaux mais une fille aimant sa mère par-dessus tout, par-dessus les palmes et les cochonneries. Parfois, Nine sentait que quelque chose ne tournait pas rond. Un clignotant du monde ancien s'allumait et comme à son habitude, pour se défendre, elle sortait les crocs, crachait presque qu'elle n'avait pas fait tout ça pour passer sa vieillesse à ranger.

– Et puis, ça peut toujours servir.

– La chaise haute de bébé ?

– Et si tu décides d'avoir un petit tardillon !

– Maman, j'ai plus de cinquante ans.

– De nos jours, tout est possible, tu sais bien, et puis ce n'est pas écolo de jeter. Tout le monde est écolo aujourd'hui sauf ma fille !

Et le masque et les palmes ?

– Avec Roger, on a envie de se mettre au snurkling, c'est comme ça qu'on dit, non ? Même la blonde du journal de 20 heures en a parlé. N'est-ce pas Roger ?

Les cheveux de Nine étaient toujours épais et splendides, elle les portait désormais longs et aubergine – une idée de génie de la coiffeuse de Vimoutiers, à moins que sa mère bricole sa couleur toute seule, à moins que Roger lui bricole sa couleur –, ramassés dans un gros chignon bas de danseuse. Étrangement belle, couverte de sautoirs sonores dans son salon sans queue ni tête. Sa silhouette fine de toujours. De dos, on aurait dit encore sa mère. Dans un élan de tendresse,

Anna la serrait très fort dans ses bras, voulait rester plantée là, toutes deux collées dans un grand silence. Mais sa mère se détachait, « qu'est-ce qui te prend mon Chamallow », une gentillesse d'une langue étrangère.

– Regarde, Roger m'a rapporté ça du Maroc, ça s'appelle un vaniteux.

Un sautoir avec une tête de mort.

– Tu sais, Anna, je t'aurais aimée même si tu avais été pute, c'est bien les putes, tu sais.

– C'est super les putes, tout le monde sait ça, maman.

Se réfugier dans le souvenir des heures exquises, chasser les phrases terribles comme des mouches, est-ce qu'on a le droit de les tuer, elle a oublié de se renseigner, avant que le rideau ne tombe sur la caisse et glisse dans les flammes avec un bruit de machines, ses oreilles sont encore écorchées de l'incinération d'Axel, et vieillir c'est aussi supporter encore et encore la vision d'un corps aimé brûlant dans un vacarme de ferraille.

– À table !

Dans la cuisine, Roger remuait un liquide vert et épais dans une marmite de cantine.

– C'est pour mon serin, c'est vegan, rien que de la vitamine C.

– Mais c'est quoi ça, Roger, une carcasse de mouton ?

– Je rajoute un peu de viande pour ta mère, en douce, c'est bon pour l'ostéoporose, affirmait-il en plongeant l'énorme bête dans le vert.

– Tiens, goûte !

Elle sentait des morceaux craquer sous ses dents.

– C'est rien, c'est du gras !

Elle était chez des dingues se nourrissant de soupe végétarienne au mouton, elle répondait « C'est bon mais sans façon » lorsque Roger lui proposait de se resservir, c'était contagieux, elle aussi se mettait à utiliser des mots qu'elle n'employait jamais, bientôt elle demanderait des nouvelles de « la petite santé de Roger ». Il avait commandé sur Amazon un jeu de Monopoly « pour les soirées d'hiver », Nine l'avait forcé à le renvoyer, « Ce jeu de capitalistes, non mais, acheter des rues, j'aimerais bien savoir qui a inventé cette merde ! » Puis ça la reprenait, elle lissait toutes les serviettes en papier usagées du plat de la main, à croire que sa vie en dépendait, et ce geste procurait à Anna une peine indicible. « Ça peut toujours servir », et elle les rangeait dans une grande boîte avec une collection d'éponges séculaires et tout un tas de sacs en plastique repassés, et Roger commentait, pénétré, « Il faut que je lui commande un sac à sacs. » Oui, et puis après un sac de sacs à sacs pour se mettre la tête dedans.

– Tiens voilà le chien, on a été le chercher à la SPA. Il est très malin notre Nagui, tu vas voir !

– Oh non, maman, tu ne l'as pas appelé Nagui !

Anna sentait monter un fou rire comme elle n'en avait pas connu depuis longtemps. Elle ne pouvait plus s'arrêter, reprenait sa respiration, c'était sa vie après tout, promis Nagui, elle ferait semblant de trouver tout normal, si Roger lui servait une escalope de cheval pour le dîner, elle s'en lécherait les babines.

– Il est toujours américain, ton mari ?

– Ben oui, ma petite maman, bizarrement ça ne lui passe pas ! Tiens, je vais te montrer les filles, donne-moi mon portable.

Sa mère a toujours détesté les photos, elle disait que les photos c'est pour les morts, mais pour une fois elle se tait, admire la petite, la moyenne, en tenue de foot, en bikini, devant leurs bougies d'anniversaire, joyeuses ou endormies.

– Et là tu te rappelles, ma grande, Allegra, la fille d'Édouard. Tu as vu comme elle est jolie !

– Elle te ressemble de plus en plus ! Et à côté d'elle, c'est qui, je le connais ?

– C'est son amoureux, Jules, il te plairait, il est adorable.

– Mais c'est formidable, et toi qui ne me disais rien, montre-le-moi mieux. C'est lui là aussi à la plage ? Ils sont dans la mer Morte ?

– Enfin maman, tu vois bien les vagues, les surfeurs, ils sont à Biarritz ! Tu reconnais quand même !

– Non mais t'es pas très marrante, minouchette. Tu trouves que je suis débile, c'est ça ?

Sa mère d'avant avec la voix d'avant, une joie minuscule en même temps qu'un coup de poing dans le ventre.

– Mais non maman, tu n'es plus un perdreau de l'année, comme tu disais.

– Tu as raison, et moi qui déteste les vieux !

Et puis, catastrophe, une nuit Nine avait tenté d'étrangler Roger en le traitant de Joker, le méchant de Batman, un effet secondaire de ses médicaments. « Y a pas de mal, avait tenté Anna auprès de Roger, avec votre corpulence, vous ne risquez rien. » Mais il était désormais terrifié par son serin, et quelques jours plus tard il appelait Anna : « Avec Nine, je n'y arrive plus. » Et après l'homme providentiel, les Acacias providentiels, et bientôt la mort providentielle. Au loin, la fanfare joue « Les magnolias », Claude François honni, il faudrait qu'elle fasse écouter Barbara à sa mère, peut-être que ça lui ferait plaisir.

On dirait que c'est la fin du monde.
Nine dort.

Mon Dieu, elle a oublié France Culture ! Anna avait promis à son autrice aux 973 exemplaires qu'elle l'accompagnerait à l'enregistrement d'une émission de philosophie. Courir encore jusqu'au studio dans les couloirs du métro avec sa tête pleine de silex et son sac de manuscrits, rassembler les fragments de son moi intérieur, « Namasté », elle a lu ce mot quelque part, ça ne peut pas lui faire de mal, frotter ses paumes, invoquer Axel pour qu'il lui fasse un signe, une place assise, s'y précipiter en écrasant des chaussures, cas de fatigue majeure, envoyer un message à Peter « Je t'aime quand même », sortir sa trousse de maquillage, poudrer un peu le manteau de sa voisine, rajouter à Peter « Ne prends pas ça pour un blanc-seing », se ressaisir, courir sans tomber, tiens une marelle dessinée à la craie sur le trottoir, entrer en trombe dans le hall de la Maison de la Radio, reculer pour se déshabiller et poser toutes ses affaires dans une boîte trop petite, comme si elle allait embarquer pour un vol long-courrier, donner sa carte d'identité à une hôtesse, cavaler derrière une autre jusqu'au studio. Elle doit avoir une drôle de tête, en régie un jeune garçon lui pousse un fauteuil à roulettes sous les fesses, lui demande si elle veut un verre d'eau.

Derrière la vitre, son autrice est déjà assise face au philosophe. Anna lui prodigue des signes d'encouragement, pouce levé et sourire jusqu'aux oreilles pour qu'il soit visible malgré le masque bleu clair, on dirait Nine dans la salle d'attente de la gynécologue.

Le philosophe pose une sacoche en cuir fatigué sur ses genoux, en sort un cahier, un crayon, une bouteille d'eau, un livre, deux livres, une trousse, un journal, une écharpe, c'est le sac de Mary Poppins ma parole, encore un livre, une tablette, un sandwich entamé, on dirait un prestidigitateur. Pas un mot n'est prononcé, un silence à couper au couteau, dirait Mamita, et tout à coup générique, Schumann à plein volume, « le philosophe aime quand c'est fort », observe un technicien, puis silence de nouveau. Rien. Anna relève le pouce en direction de son autrice. Le philosophe s'approche du micro, murmure « Désir de mort ou mort du désir ? », et hop, comme dirait Nine, il se tait, marche arrière dans son fauteuil. Silence de nouveau. Regard éperdu de son autrice, Anna enlève son masque pour articuler « Vas-y ! C'est génial », l'autrice se lance et Anna est déjà ailleurs.

Bonne nouvelle, c'est direct en RER pour rentrer chez elle.

Mais il lui reste encore à faire pas mal d'efforts pour sa fille.

Zut, elle a oublié d'acheter des fleurs.

Gling. Hollandais de 69 ans, Emile Ratelband veut avoir vingt ans de moins. Il a saisi la justice pour que sa date de naissance soit modifiée : on peut changer de nom ou de sexe, alors pourquoi pas d'âge ?

Ce type est un génie.

Au Baudelaire, Jean-Claude a troqué son tablier amidonné contre un blouson de cuir : « Vous êtes attendue, on dirait ! J'ai fini mon service, je vous laisse avec Renaud. » Encore un prénom qui ne se donne plus. Louison, Sunshine, Séraphine, elles sont échevelées, transpirantes sous leur masque et sous le champignon électrique de la terrasse. Elles se serrent dans les bras, on dirait des rescapées du *Titanic*, rapprochent des tables, par terre leurs sacs balourds, provisions, courses, cahiers, forment des petites flaques de tracas dont elles se soucieront plus tard. Elles ont expédié les affaires courantes, oublié qu'elles avaient des enfants, elles sont là pour leur amie.

– Spritz pour tout le monde, commande Sunshine.

– Qu'est-ce qu'on fête ? s'enquiert Renaud.

– On fête Anna, répond Louison, et Anna pense que oui, c'est sa fête cette journée à courir sur des braises, mais la présence de ses amies recouvre tout de sa lave, elle ne sait plus si elle a envie de pleurer ou de rire.

Les verres orange à la couleur des grandes vacances contrastent avec les guirlandes de Noël clignotant sur la terrasse, un air d'été en plein hiver, il fait chaud et froid à la fois, la fatigue cède à la joie, ce sentiment bien plus fort que le bonheur qu'on porte aux nues. Louison a les joues cramoisies dans son coll roulé trop chaud, Sunshine les dents maculées de rouge à lèvres, seule Séraphine, toujours à la hauteur de ses obligations, a réussi à finir la journée sans un pli. Elles parlent toutes en même temps, la bouche pleine de tartines de tarama :

– Dis donc, elle est pas hôtesse de l'air, la gueuse, rigole Louison.

– Faut qu'on la trouve, on va aller la voir, lui expliquer que ça ne se fait plus de piquer le mari des autres.

– Moi je vois plein de positif dans cette affaire.

Elles fument en s'empiffrant de gras, « du saucisson mais vous êtes dingues », elles sont faites du même ciment, cette rapidité avec laquelle il faut vivre, les nuits passées aux urgences pour la bronchiolite d'un enfant, le sommeil qui ne vient plus malgré l'épuisement, leurs fragilités passées sous silence, la certitude que plus tard c'est maintenant parce que après ça sera vraiment trop tard, leurs aspirations à une autre chose qu'elles ne savent pas nommer, cette angoisse intermittente : est-ce que tout cela en vaut la peine ? Dans la rue, les passants courent vers leur soirée, des sacs pleins de pommes noisettes et de Playmobil en prévision de Noël, et elles n'en ont que pour ce moment. Encore des Spritz, Renaud ! Un sentiment bizarrement plaisant les unit, plus puissant que des embrassades, celui de partager la même fatigue fiévreuse, ensemble elles sont débraillées, défaites, un peu moches même, comme quand on a trop dansé, chanté, crié. Un trop-plein d'émotions furieusement agréable.

Elles sont essorées. Elles sont déglinguées.

– On dirait qu'on est à la fin d'un mariage, quand on se demande si le plus fatigant c'est de rester ou de rentrer chez soi, observe Séraphine.

– La fin de mon mariage tu veux dire ?

Et le fou rire les prend. Les passants regardent ces folles célébrer quelque rite païen. Sunshine sort des provisions pour au moins un banquet, Anna raconte le philosophe prestidigitateur,

Louison le chanteur coureur dans son prieuré, Séraphine annonce que ce soir chez elle ce sera dîner Kinder Bueno, elle en a acheté des kilos et rien d'autre. Les téléphones vibrent de messages, la fête est finie.

Anna court acheter des fleurs.

Chez elle, c'est *Koh-Lanta*, enfin l'idée qu'elle s'en fait, elle n'a jamais regardé. Il reste à Anna une demi-heure pour faire des efforts. Joy hurle sa victoire, elle n'a pas eu d'avertissement de comportement au conseil de classe. Avachie sur son lit, Félicité écoute un podcast sur la pandémie.

– Vous m'aidez, les filles, votre grande sœur vient dîner.

– Tu me demandes de mettre la table alors que l'hôpital est en train de mourir !

Peter est l'image même de la contrition, il a acheté des tulipes par dizaines, Anna l'ignore, puis l'embrasse, planque le désordre dans le placard, court de la cuisine à la salle à manger, bricole une table de gala.

Allegra est là, longue femme brune plantée dans l'entrée, Anna ne l'a pas entendue arriver, si digne d'amour, mais si peu démonstrative, encore plus raide que la justice. Elle n'enlève pas son manteau.

– Maman je suis enceinte.

Anna a sa carrière derrière elle, un petit-enfant à naître devant elle, elle est Nine, elle pleure d'émerveillement, elle est heureuse. Anna, son amour absolu. Et c'est comme si toutes les digues du passé cédaient.

Le matin, il l'embrassait comme une enfant, murmurait « ma belle endormie » puis partait vendre ses photos dans les rédactions, et elle flottait entre deux eaux dans les draps blancs de cet appartement blanc. Mais qu'est-ce qu'elle fabriquait ici ? Elle se forçait à se rendormir, rêvait qu'elle prenait ses jambes à son cou pour fuir cette maison sans tache, ça le rendait fou les taches, elle se sauvait dans un immense plan-séquence comme Antoine Doinel sur la plage à la fin des *Quatre Cents Coups* qu'ils étaient allés voir la veille dans un cinéma de la rue des Écoles, elle courait dans une rue sans fin pour se réfugier dans sa vie d'avant où Nine l'étreignait avec des bras interminables de personnage de dessin animé, la bordait dans ses fleurs Laura Ashley en lui souhaitant une bonne Saint-Valentin et en fredonnant « Ça va passer ». Mais non, cette fois, marcher jusqu'au bout de la rue n'arrangera rien, même trois allers-retours jusqu'à la Lune n'y changeront rien, elle continuait d'habiter cette existence étrangère comme si de rien n'était. Elle dormait énormément, lui ça l'attendrissait, il ne savait pas que c'était le seul abri qu'elle trouvait encore.

Malgré toute sa volonté, elle ne se rendormirait pas. Elle se forçait à penser à la tragédie d'Anne Frank, mais ça ne marchait pas, c'était grave. Un mot lui venait, propre à décrire sa situation, une petite illumination dans son désastre. Les étagères étaient pleines d'annuaires et de dictionnaires, elle se levait pour chercher « *inertie* : propriété qu'ont les corps de ne pouvoir d'eux-mêmes changer l'état de repos ou de mouvement où ils se trouvent ». Elle avait touché juste. Dommage qu'elle n'ait pas écouté les cours de physique, elle connaîtrait peut-être l'antidote. Chercher le contraire de l'inertie, tomber sur apathie, aucun secours.

L'inertie avait pris le pouvoir sur sa personne. Elle avait vingt ans et elle était morte.

Les deux pieds coulés dans l'inéluctable.

Elle se levait quand même, profitant de l'absence de l'homme pour fouiller les placards blancs, mais il n'y avait que du blanc dedans, des piles de chemises et pas de vie, pas de désordre, pas de petits papiers chiffonnés, de mots qui auraient pu lui dire chez qui elle se trouvait, d'objets qui clochent. Elle était la seule chose qui clochait dans cet appartement trop bien rangé mais personne ne s'en rendait compte.

Elle étouffait, ouvrait les fenêtres pour respirer une bouffée du jardin du Luxembourg. De l'air. Elle aimait tout, les arbres, les statues, le bassin parsemé de bateaux à voile, « La fontaine Médicis » du *Tour du malheur* de Joseph Kessel, qui lui avait semblé plus petite que dans le roman. Elle habitait dans une carte postale.

Elle avait faim, les placards de la cuisine n'offraient que des soupes en sachet, alignées comme à la parade, le frigidaire, des yaourts blancs. Le matin, elle ne pouvait manger que de la matière sèche, elle avait faim de Figolu réconfortants, grignotait une biscotte en faisant attention aux miettes sinon elle devrait sortir l'aspirateur. Elle vivait ici mais ne devait laisser aucune trace trahissant sa présence. Elle avait maigri et grossi en même temps, peut-être était-ce pour cette raison que personne ne voyait rien. Elle-même ne se regardait plus, camouflait son teint d'enterrée vivante avec du fond de teint en des gestes automatiques, loin des miroirs proscrits. Ses cheveux, étonnamment épais et brillants, donnaient le change. Il admirait sa chevelure de madone de Botticelli, elle pensait que la madone avait mauvaise mine, si elle en avait été capable, elle aurait ricané intérieurement. Elle comptait les jours sur ses doigts, recommençait faute de point de départ, vivait une heure après l'autre telle une somnambule. Elle laissait faire la vie, ne parlait presque plus, et personne ne s'en apercevait, elle écoutait, entendait le meilleur ami d'Édouard lui dire : « Ben dis donc, tu peux te féliciter d'avoir attrapé l'homme insaisissable. » Se féliciter de quoi ? L'homme insaisissable et la madone invisible, quel couple !

Ils s'étaient rencontrés dans une maison d'édition où Anna était stagiaire, Édouard y publiait un livre de photos. Elle était maigrichonne, ravissante mais ça comptait si peu pour sa mère qu'elle n'en savait rien. Elle avait l'air d'avoir quinze ans, c'est son visage d'enfant triste qui la frapperait bien plus tard sur les photos de cette époque, non pas lorsqu'elle comptait les jours, il n'en subsiste aucune trace, comme si ces mois-là n'avaient jamais existé. Sur les photos à la naissance d'Allegra qu'elle ne peut toujours pas regarder sans trembler, elle ressemble à une adolescente perdue.

Dans la maison d'édition, le monde se divisait toujours entre les grandes personnes et elle. Une image surgit dans sa tête avec violence, elle était un faon égaré dans une chasse à courre. Elle avait vingt ans et pas grande idée de ce qu'était un homme, un père intermittent, pas de grand-père, pas de frères, pas de cousins, un lycée de filles, hypokhâgne cinq mâles sur cinquante étudiantes, à la Sorbonne en lettres modernes, quelques garçons sans biscotos erraient égarés dans les couloirs. Le masculin lui était étranger, aussi redoutable qu'excitant, et quand Édouard l'avait invitée à prendre un café, elle avait dit oui. Il était élégant, d'un chic de film d'une autre époque, on aurait dit Vincent, François, Paul ou un autre avec ses vestes de fripes mais sorties du meilleur tailleur de Londres. Il était adorable, beau parleur, il parlait tout le temps d'ailleurs, ça l'arrangeait car elle ne trouvait rien à dire d'intéressant. Puis, ils avaient déjeuné au Flore où elle n'avait jamais mis les pieds, et elle était tombée amoureuse de Saint-Germain-des-Prés. Anna qui avait rêvé d'habiter dans *Les Demoiselles de Rochefort*, ça lui allait de vivre à Saint-Germain-des-Prés avec un homme de l'âge de Gene Kelly.

Elle avait fui l'emprise de Nine pour se réfugier dans l'emprise d'Édouard, elle en avait vaguement conscience mais de toute façon c'était trop tard. Édouard la promenait tel un trophée dans les ateliers magnifiques d'artistes qui étaient ses amis, dans des expositions auxquelles elle ne comprenait rien. Sa vie était devenue un grand musée d'art contemporain, c'était très beau puisqu'il l'affirmait. Il n'y avait rien d'autre à faire que se laisser aller à la douceur de cet homme.

Elle attendait que quelque chose se passe.

Elle ne voyait plus ses amis.

Elle étudiait à la Sorbonne, travaillait deux fois plus que les autres élèves, pour être toujours la meilleure. Elle n'était pas très ambitieuse, mue seulement par le désir maternel de trouver un métier qui porte un nom. Professeur de français, pourquoi pas, elle aimait transmettre sa passion. Mais « quand une profession se féminise, elle se dévalorise », et ces mots de Nine figuraient un panonceau de sens interdit vers l'enseignement.

Sa mère disait : « Toi et ton Pygmalion ! Mais il a quel âge ? » De toute façon elle n'écoutait pas la réponse, elle avait la tête triste et ailleurs. Mamita venait de mourir, elle était occupée à vider la maison de Pont-Croix.

Séraphine faisait son droit à Lyon, et lorsqu'elle rentrait à Paris, elle trouvait son amie bizarre. « Tu le connais à peine cet homme. Tu as changé. On dirait que tu es éteinte de l'intérieur. » Comme toujours, son amie voyait juste. Un instant, dans un café à l'Odéon, Anna s'était dit qu'elle allait tout lui raconter, mais aucun mot ne venait à son esprit, par où commencer ? C'était trop simple et trop compliqué en même temps, et puis de toute façon c'était trop tard, alors elle se taisait.

Anna s'habituait à vivre dans une forteresse de solitude. Elle se laissait faire. Édouard lui achetait des vêtements chez agnès b., il disait « chez Agnès », elle choisissait un cardigan à pressions abricot et un tee-shirt rayé gris et blanc, elle disait oui à tout mais non elle ne prendrait pas du small, elle n'aimait pas les vêtements étriqués, et non pas cette jupe en cuir, elle n'aimait que les jeans. Il lui offrait aussi des boots noires en vinyle mais elle préférait mettre ses Clarks marron même si, dès qu'il pleuvait, elles transformaient les trottoirs en patinoire. Un matin, elle était en retard pour son cours de stylistique, elle s'était cassé la figure, une chute de cinéma, une peur bleue. Elle pleurait assise sur le trottoir, serrait sur son cœur sa besace Upla toute tachée, Édouard serait fâché. Elle redoutait les conséquences, des séquelles. Une dame s'arrêtait pour l'aider, Anna lui criait : « Vous n'avez jamais vu personne se casser la figure ! » Deux messieurs en costume noir venaient l'aider à se relever, elle n'arrivait pas à les chasser, « Nous avons de quoi vous soigner, là un peu plus loin, sur la place Saint-Sulpice », « On ne va pas vous laisser comme ça, dans votre état », son jean était déchiré, son genou écorché, « C'est profond », elle se retrouvait assise, presque allongée dans un corbillard, ça tombait bien, elle était déjà morte. Ils sortaient une trousse de secours, elle manquerait le cours sur *Ivre du vin perdu*, de Matzneff. Le professeur de stylistique était bizarre. Quand elle allait dans son bureau discuter de l'avancement de son mémoire, il prenait la chaise de sa table de travail et la déplaçait pour l'installer de l'autre côté, face à la sienne. Au fur et à mesure de leur conversation, il avançait la chaise, elle reculait la sienne. Quand à force de marche arrière elle touchait le mur, elle se levait et s'en allait.

Elle vivait dans un aquarium, elle faisait le vide, lorsqu'il lui arrivait de voir encore des amis, elle enviait leur légèreté, elle était de plus en plus lourde, mais personne ne s'en rendait compte.

L'eau de l'aquarium se transformait chaque jour davantage en glace, elle vivait dans un igloo, était-ce une geôle ou un abri, elle s'enfermait dans cette prison de glace.

Elle était accoutumée à ne pas déranger. Pour que son père consente à « prendre la petite », comme il l'appelait, elle s'était habituée à se faire le plus légère possible, se disant que cet homme si occupé accepterait plus volontiers un paquet muet qu'une enfant hurlant et dans tous ses états.

Dans la vie de Nine aussi, elle s'était habituée à ne pas prendre trop de place, pour la laisser travailler, la laisser passer ses soirées à fumer avec ses amies moches et courageuses.

Elle n'avait personne à qui parler.

Elle était une femme invisible au ventre plein.

Elle était un ventre invisible.

Et puis, un jour, elle avait mis au monde Allegra.

Stupeur.

Et aujourd'hui, Allegra est enceinte. Anna ne sait pas de qui, elle s'en fiche, elle ne lui demande même pas, de toute façon la question n'a pas l'air de figurer à l'ordre du jour.

Elle serre sa fille dans ses bras jusqu'à l'étouffer, jusqu'au vertige, jusqu'à la folie.

Pour la première fois depuis tant d'années, Anna dégèle. Elle ouvre tout ce qui a été cadenassé. Elle demande pardon à sa fille de l'avoir mise au monde dans ce monde, dans ces conditions insensées et cruelles. Elle lui dit qu'elle l'a désirée de toute son énergie, qu'elle lui a donné toutes ses maigres forces pendant neuf mois, qu'elle en a perdu ses cheveux et ses dents à vingt ans. Elle lui demande pardon pour cette naissance en douce, cette enfance bancale traversée en solitaire, au goût du malheur trop souvent. Elle lui demande pardon pour tous les mots jamais prononcés, toutes les larmes qui n'ont pas coulé.

Rien ne sera oublié mais tout pourra être enfin réparé.

Anna voudrait déménager loin des chagrins du monde, se moquer de ses rides, avoir autre chose que sa beauté sur laquelle s'appuyer, connaître le nom de tous les oiseaux, quitter la ville, regarder le ciel, boire des gin-tonics en admirant des feux d'artifice, s'occuper de ses filles sans regarder l'heure, apprendre à danser, rouler des heures avec Peter sur des routes sans fin dans le Michigan, raconter l'histoire de la Vache orange à sa petite-fille, penser si intensément à Axel qu'il en redeviendra vivant, où est-il tout cet amour inemployé ? Le plus tard possible, Anna voudrait vieillir quand même.

Photocomposition Nord Compo

Achevé d'imprimer sur Roto-Page en août 2022
par l'Imprimerie Floch
53101 Mayenne
pour le compte des Éditions Stock
21, rue du Montparnasse, 75006 Paris

PAPIER À BASE DE FIBRES CERTIFIÉES

Stock s'engage pour l'environnement en réduisant l'empreinte carbone de ses livres. Celle de cet exemplaire est de :
600 g éq. CO_2
Rendez-vous sur www.editions-stock-durable.fr

N° d'édition : 01
Dépôt légal : septembre 2022
N° d'impression : 100800
Imprimé en France